Sous la Surface

Sous la Surface

Recueil de nouvelles

Gwénaëlle DAOULAS

Copyright © 2020 Gwénaëlle Daoulas

Tous droits réservés.

Édition : BoD – Books on Demand, info@bod.fr
Impression : BoD – Books on Demand,
In de Tarpen 42, Norderstedt (Allemagne)
Impression à la demande
Dépôt légal : Juin 2021

Illustration : © David Zwick

ISBN : 978-2-3222-1931-5

Gwénaëlle DAOULAS

À ma famille, qui a été à mes côtés depuis le début de cette aventure, il y a de longues années.

TABLE DES MATIÈRES

Et par-delà la fenêtre, la liberté… 3

Quatre secondes.. 15

Une étrange aventure 39

Tel un vélociraptor. 57

Le Mystère de la chapelle illuminée 69

Requiem pour un pianiste 87

Que suis-je ?... 105

Le Secret des tableaux... 113

Renaissance... 131

Et c'est dans mes yeux qu'ils lisaient. 141

À propos de l'auteur... 159

REMERCIEMENTS

Un très grand, un immense merci

à mes parents qui m'ont toujours lue et relue, et particulièrement à ma mère qui m'aidait déjà, à l'époque, à améliorer mes écrits de petite fille et qui continue encore à le faire aujourd'hui ;

à David, mon mari, qui a naturellement pris le relais et m'apporte souvent des éclairages nouveaux et des réflexions constructives ;

aux amis qui me lisent et me donnent leurs avis si précieux ;

et enfin à mes professeurs, pour avoir cru en moi et m'avoir poussée sur la voie de l'écriture.

Et par-delà la fenêtre, la liberté…

Gwénaëlle DAOULAS

Sous la Surface

« Quiconque a pour prison la terre,
a pour évasion le ciel. »
Victor Hugo

Gwénaëlle DAOULAS

L a porte se referma derrière lui dans un claquement sinistre. Fulminant de rage, il se retourna immédiatement contre elle et se mit à tambouriner de toutes ses forces. Quelle injustice ! Il n'avait strictement rien fait... *Tous les prisonniers, coupables ou non, clament toujours leur innocence.* Cette petite phrase, qu'il avait entendue un jour, ricochait aujourd'hui en lui comme un écho, et il s'émut à l'idée que jamais il ne parviendrait à prouver son innocence.

La machine judiciaire s'était mise en marche très rapidement, et à peine le forfait commis – par lui ou un autre, là n'était déjà plus la question –, son emprisonnement dans cette triste geôle avait été effectif. Quand diable aurait lieu son procès ? Y en aurait-il un, d'ailleurs ?

Ne parvenant pas à contenir sa colère, il se mit à hurler, donnant un vigoureux coup de pied dans la porte. De l'autre côté, nulle réaction. Du sien en revanche, une douleur lancinante, juste pour lui rappeler que cette violence n'aurait d'autre cible que lui-même. Cette souffrance – autre injustice ! – décupla sa rage, et il poussa un nouveau cri désarticulé. Un vague bruissement d'étoffe derrière la porte lui apprit que l'on semblait finalement s'inquiéter de son sort. Il hurla qu'on le libérât sur-le-champ ; cette exigence parut rassurer son geôlier, qui comprit que le prisonnier n'était apparemment pas en danger. Plus aucun bruit ne se fit entendre dans le couloir.

Soupirant, il se résigna : pas d'espoir à attendre de ce côté-là. Il se dirigea lentement vers la fenêtre qui laissait passer une douce clarté.

Au dehors, l'air semblait vibrer en cette fin d'après-midi si caractéristique aux derniers jours d'été. Les attaques du soleil se faisaient moins virulentes ; en posant sa main contre la vitre, il sentit une douce chaleur irradier dans sa paume et chatouiller l'extrémité de ses doigts. Il se souvint que peu de temps auparavant, il se promenait, libre, respirant à loisir les senteurs lourdes émanant des arbustes en fleurs, en contrebas de cet édifice où il était désormais cloîtré. Cette vision l'apaisa ; il s'abîma alors dans la contemplation d'une coccinelle venue s'égarer sur l'appui de fenêtre. Il s'amusa à compter les points noirs qu'elle portait sur le dos, puis observa la couleur de sa robe et constata qu'elle était encore jeune : elle n'avait pas tout à fait atteint sa teinte vermillon. Il eût tant aimé jouer avec elle ! Aurait-elle un destin semblable au sien, pauvre jeune âme cloîtrée ? Il tendit la main vers le loquet de la fenêtre, mais les battants restaient désespérément verrouillés.

Ce constat l'emplit à nouveau de colère : un bref instant, il avait oublié qu'il n'aurait sans doute plus jamais l'occasion de respirer le doux parfum des fleurs, ni de jouer innocemment avec une coccinelle… Alors, sa liberté perdue lui manqua soudain terriblement. Il se remémora tous les moments passés à courir le long des sentiers de campagne, quand il n'était encore qu'un jeune enfant insouciant. En cette époque bénie, il ne se doutait pas à quel point ces instants de bonheur étaient précieux. Les avait-il suffisamment chéris ? Avait-il suffisamment profité de chaque vagabondage en forêt, de chaque course sur le sable chaud, de chaque caresse du vent chargé d'embruns ? La nature, derrière la fenêtre, lui paraissait à présent riante et envoûtante. Au delà des barreaux de fer, s'étendaient les pelouses du parc voisin. De jeunes gens s'y promenaient avec nonchalance, deux autres profitaient de l'ombrage du kiosque pour s'embrasser avec fougue, un vieil homme à l'air serein, assis sur un banc, nourrissait les pigeons, et quelques enfants, autour d'un ballon, savouraient le sursis offert par leur mère avant la redoutée toilette vespérale.

Ce tableau lui parut d'une grande beauté. Tous ces êtres se rendaient-ils seulement compte du bonheur dont ils jouissaient ? Avaient-ils conscience qu'à quelques mètres de là, un pauvre malheureux contemplait avec envie leur totale liberté ?

Un regain de rage s'empara de lui, et il se remit à hurler en tambourinant à la fenêtre. En bas, un chien leva vaguement le museau dans sa direction et deux pigeons perchés sur la gouttière se contentèrent de fuir l'importun d'un battement d'ailes. Son sort finalement n'émouvait personne.

Il comprit enfin que sa colère n'aboutirait à rien.

D'un pas lourd, il revint vers l'unique issue de sa cellule et s'assit avec lassitude sur le sol, le dos appuyé contre la porte. Par-delà cette frontière, il entendait des bruits sourds, des chocs métalliques, un crépitement de viande roussie et, très assourdis, des cris inarticulés se mêlant à une musique angoissante. Son esprit délirant se figura d'autres prisonniers qui, en ce moment-même, subissaient la question. Quand son tour viendrait-il ? Arriverait-il à supporter la torture sans perdre sa fierté ? En sortirait-il vivant ? Dans un sursaut de lucidité, il réalisa qu'il devenait plus qu'urgent de tout faire pour sortir de ce cachot.

Il heurta légèrement la porte de ses doigts, espérant montrer par là que sa colère était retombée et qu'il était prêt à se montrer plus raisonnable. D'une voix douce et claire, il appela son geôlier, dont le bruit des pas se fit bientôt entendre.

S'ensuivit alors une série de promesses : il avait compris le message, il réalisait à présent que ce qu'il avait fait était mal, il ne recommencerait jamais plus… On lui fit savoir, depuis la zone libre, qu'une telle prise de conscience était une bonne chose, mais que sa peine n'en serait pas plus courte pour autant. Il tenta alors, affolé, de corrompre son gardien en lui promettant monts et merveilles ; encore une fois, ce dernier se révéla d'une probité à toute épreuve, et lui conseilla de profiter du temps libre que lui offrait son incarcération pour réfléchir à loisir à ses actes passés et futurs.

Cet échec à retrouver sa liberté perdue fit de nouveau affluer la fureur dans ses veines. Il supplia, hurlant qu'on le laissât enfin sortir ; un soupir poussé de l'autre côté lui apprit que c'était peine perdue.

Il se laissa glisser sur le sol et se mit à sangloter. Qu'allait-il devenir ? Passerait-il sa vie entière ici, dans cette prison ? Ne pourrait-il profiter du dehors que par procuration, se projetant dans la peau de ces bienheureux qui évoluaient, là, en bas ? Aurait-il d'ailleurs la possibilité de rester ici, ou bien périrait-il dans d'atroces souffrances, à l'instar de ceux dont il avait entendu les hurlements tantôt ? Son avenir lui apparut alors bien sombre. Tel Edmond Dantès, dont on lui avait récemment conté l'histoire, aurait-il longtemps à croupir dans cette geôle infâme ?

Rien n'y ferait, alors ? N'avait-il donc aucune prise sur les événements ?

Il n'avait plus qu'à attendre, puisant le peu d'espoir qui lui restait dans la contemplation de la vie foisonnante qui se déroulait sous ses yeux, derrière la fenêtre, dans le parc et au-delà.

Il se traîna avec résignation vers son unique source de bien-être, et s'abîma à nouveau dans la contemplation de sa liberté perdue. Le soir commençait à tomber sur la ville ; les nuages se teintaient de rose et d'ocre, tandis que l'horizon se chargeait avec douceur de miel blond. Le soleil, niché dans le feuillage mouvant de deux arbres noirs, lançait paresseusement ses derniers rayons et offrait à la vue un splendide numéro d'ombres chinoises. Une présence divine semblait émaner de ce tableau, et à elle, le pauvre captif s'abandonna.

S'il lui fallait passer ses dernières heures ici, qu'il en fût ainsi, il ne lutterait plus. Il puisait une sagesse nouvelle dans ce spectacle grandiose et simple, chaque jour répété, comme la promesse que la machine ronde ne cesserait jamais de tourner. Quelles que soient les épreuves qu'il aurait à traverser, il savait désormais que sa lucarne ouverte sur le monde lui offrirait toujours une perspective salvatrice.

Plus un bruit ne se faisait entendre à présent dans la petite pièce.

Elle tourna doucement la poignée de la porte – qui n'avait d'ailleurs pas été fermée à clef –, poussa le panneau de bois et fit quelques pas à l'intérieur.

Il était là, assis près de la fenêtre, son petit visage sérieux perdu dans la contemplation du coucher de soleil sur la ville. Elle sourit avec tendresse en le voyant plongé dans ses réflexions. Quelles nouvelles histoires avait-il pu encore s'inventer, cette fois-ci ? Il était toujours tellement réceptif aux romans qu'elle lui faisait découvrir ! Il aurait très bien pu sortir à tout instant, et il le savait parfaitement. Elle était étonnée qu'il ne l'eût pas fait. Mais il semblait avoir simplement accepté son châtiment, fût-il injuste selon lui.

« Mon cœur ? Tu peux sortir de ta chambre maintenant. Ta punition est levée, il est l'heure de souper. »

L'enfant se précipita dans les bras de sa mère.

« Pardon, m'man… Je ne le ferai plus, promis. Je vais même t'en acheter un nouveau, de vase ! »

Quatre secondes

Gwénaëlle DAOULAS

« Au comble du mal on n'a plus rien à craindre. »
Antoine Claude Gabriel Jobert

Gwénaëlle DAOULAS

Quatre secondes
Quatre minuscules secondes
qui ont suffi à tout faire basculer
Une lueur dans la noirceur de ma vie...

Est-ce fini ? Le sinistre voyage est-il achevé ?

Est-ce qu'enfin, après tant d'années, tant de souffrances, la ville va se réveiller de ce cauchemar où nous sommes tous englués, mon cauchemar à moi, dont j'ai toujours cru être celui qui fixait les règles ?

*
* *

Je suis
le Cauchemar.

La peur de tous.

Tous les soirs, le journal de vingt heures parle de moi, encore et encore ; parle d'eux, pauvres petites choses désarticulées, encore et encore ; parle de leurs familles éplorées, encore et encore. Je suis devenu une célébrité ! Mais je suis insaisissable. Je suis le feu follet qui échappe à tous ces enquêteurs, je joue leur jeu jusqu'au bout, leurs noms et leurs carrières dansent sous mes yeux dans une joyeuse et sinistre farandole, mais je joue mon rôle à la perfection : je suis leur Graal maudit, qu'ils n'atteindront jamais.

Que suis-je capable de faire ? Tout.

Pourquoi ? Cette équation à une inconnue, bon nombre de spécialistes ont tenté de la résoudre. Ah, qu'est-ce que j'ai pu rigoler devant le défilé de toutes ces professions sur les plateaux télévisés, qui pensaient enfin détenir la réponse tant espérée. Qui est-il ? Qu'y a-t-il sous le crâne de cet homme ? Qu'est-ce qui le pousse à commettre tant d'atrocités ? Quel peut bien être son mobile, à ce dégénéré qui sème la terreur parmi les honnêtes gens ? Sortez le pop-corn, installez-vous confortablement…

Tout y est passé.

Un psychopathe, ça, oui, d'accord, bravo ! Mais c'était quand même assez facile à déduire…

Passons le journal télé, changeons de chaîne et admirons… Autre émission, même thème. Le plateau est plongé dans le noir, puis lumière rasante, musique effrayante, et les spots s'attardent enfin sur le présentateur aux yeux bleu acier, au sourire éclatant si bien étudié mais que, pour l'occasion, il ne montre pas. Regard compatissant et entendu face à la caméra, mine de circonstance. Aujourd'hui, on ne va pas rejouer à grands coups de vidéos souvenirs la vie des célébrités en leur compagnie. Non, aujourd'hui le sujet est grave, on ne plaisante pas avec ce genre d'individu. On se rappelle que le sujet en question affole la ville depuis des années, que personne n'est à l'abri de passer entre ses doigts crochus. On se rappelle aussi qu'on tourne pour une chaine de grande écoute, qu'un grand nombre de ménages est affalé devant sa télévision ce soir, frémissant d'avance, espérant secrètement apercevoir quelques scènes de crime bien glauques au passage. Mieux que les films d'horreur ou le grand huit : un peu de voyeurisme morbide, une verveine et au lit.

Les invités s'enchaînent ce soir, ils ont sorti le

grand jeu.

« Selon moi, cet homme ne ressent aucune émotion, voyez-vous, aucune compassion pour autrui. C'est un psychopathe au sens clinique du terme, un handicapé du cœur, si je peux me permettre ce jeu de mots un peu trivial... »

Ricanement guindé, bouche pincée, le professeur Bayard, dont le nom s'affiche brièvement à l'écran, semble très satisfait de son trait d'esprit.

« Non, voyons, mon fils, intervient un vieux barbu en col blanc, vous rapportez toujours tout à la psychanalyse, il s'agit visiblement de l'Antéchrist ! Notre heure a sonné, que retentissent les trompettes du Jugement Dernier... »

Un ricanement silencieux fait vibrer mes épaules. Navré, je secoue la tête et zappe encore une fois. Quelle surprise ! On parle encore de moi sur cet autre plateau. Moins conventionnel celui-là ; l'animateur s'agite, roucoule des blagues douteuses qui se perdent dans son propre rire, et donne la parole à une invitée :

« La science, je vous le dis, tout vient de là, nous sommes allés trop loin ! Je suis intimement persuadée qu'il s'agit d'un savant fou dont l'une des expériences a mal tourné, oui oui, c'est cela ! Nous avons là notre mister Hyde des temps modernes ! Que Dieu nous vienne en aide... »

Une bonne femme échevelée, aux larges lunettes rondes, trace frénétiquement sur sa poitrine replète le signe de croix en achevant sa tirade. Des « Oh » et des « Ah » jaillissent du public, à qui l'on vient sûrement de brandir des pancartes. Alors elle jette un œil autour d'elle en clignant plusieurs fois des paupières, comme si elle se réveillait d'un long somme.

« Calmez-vous, messieurs-dames... Allons... Allons. Écoutez-moi. Je pense qu'il faut voir plus loin... C'est un extraterrestre, chère madame, le premier de sa lignée à tester la résistance humaine à la douleur... Nos tests, très sérieux, tendent à le prouver. Nous devons nous préparer à une attaque rapide et dévastatrice de la part de ses congénères... Ou alors, il n'est peut-être pas encore trop tard pour tenter de les amadouer ! Montrons-leur le beau visage de l'humanité ! Oui, en vérité je vous le dis, l'heure du choix a sonné ! »

L'homme qui vient de prendre la parole, vêtu d'une longue toge blanche et or, se tourne vers la caméra, arbore un sourire angélique et annonce : « Un numéro s'affiche au bas de votre écran pour adhérer à notre groupe *Les Amis du Chaos*, pour la modique somme de deux cents euros. Participez à nos nombreux séminaires et stages de communion avec les galaxiens, il est temps de nous préparer à les rencontrer…. Choisissez dans quel camp vous voulez être au moment fatidique ! »

Je suis pris d'un irrépressible fou rire devant ce fatras de conneries. Les présentations sont faites, inutile de regarder ces émissions plus avant ! Décidément, plus le temps passe, plus les invités sont des tocards…

Pourtant, à la question « Pourquoi tous ces crimes ? », la réponse est simple… La peur m'est étrangère. C'est un concept, une notion que je ne connais pas. Je serais même incapable de la définir. Je ne m'étais jamais moi-même posé la question, mais toutes ces émissions parlant de votre serviteur m'ont poussé à y réfléchir un tant soit peu… La peur est un terme abstrait pour moi. Partant de là, qu'est-ce qui pourrait m'arrêter ? Comment pourrais-je freiner ces pulsions qui me hantent ?

Cela dit, ne vous méprenez pas… Ce n'est pas non plus comme si j'avais envie de cesser mes « activités » !

Je le trouve sympathique, ce mot… activités… oui, c'est cela, chacun ses loisirs n'est-ce pas ? J'en vois beaucoup à la télévision donc je sais ce que c'est, je les découvre à longueur de journée dans les émissions et les séries télévisées. Je connais la vie des gens. Les enfants s'amusent avec de la pâte à modeler, de la peinture, des jeux vidéo, ces messieurs en polo rose et pull jacquard se penchent sur leur club de golf le dimanche en arborant un pimpant brushing ; ces dames bien proprettes et bien épilées cuisinent des petits plats pour leurs amies tout en critiquant les voisins ; et moi, de mon côté, je m'adonne à mes propres activités.

Mais revenons à mon propos : ce ne sera donc pas par ma propre volonté que je mettrai un terme à mes sourdes actions.

Un être obscur, sombre,

un trou noir,

voilà ce que je suis. J'aspire tout, sans distinction, je suis un néant destructeur, un abîme, un puits.

Comme le trou noir, je ne rejette rien.

Je ne renvoie rien.

J'absorbe la totalité du monde, je me tapis dans l'ombre, je vous traque, je suis le ferment de vos terreurs ! Plus rien n'existe après moi, je deviens le tout.

À bien y réfléchir, je renvoie tout de même quelque chose…

Mais je suis un soleil noir, j'irradie d'une lumière aveugle, j'explose de ma noirceur ; les griffes du cauchemar vous effleurent puis vous attrapent et vous emportent ! Comme le trou noir, tout ce que l'on voit de moi, c'est l'invisible, l'impensable, l'absolu nié et le vide absolu… vers lequel on glisse inexorablement…

Vous avez aimé ce moment de poésie macabre ? Je sais être lyrique n'est-ce pas ? Vous savez, je ne suis pas un sauvage, j'ai fait mes classes.

Mais soudain c'est arrivé.

*
* *

Une nuit sans étoiles. Les nuages bas filaient sur la ville et la couvraient d'une chape de plomb, changeante et menaçante. Une nuit idéale.
Je l'avais vu depuis quelques heures déjà, qui hantait les rues… désemparé… une proie parfaite ! Si jeune, si frêle ; l'exercice en était presque trop facile. Je m'étais adonné, tout au long de ma traque, à mon jeu préféré : avant d'attaquer, je m'amuse

toujours à élaborer des théories pour deviner quel événement a pu amener ma proie à faire le choix de partir – et c'est là que ça devient drôle les amis, parce que c'est justement ce choix, que ma victime pense bien sûr être le bon, qui, avec mon modeste concours, anéantira son existence.

Une dispute conjugale parce que madame, en rentrant plus tôt du travail, a retrouvé monsieur à quatre pattes en charmante compagnie dans le salon avec une balle dans la bouche et une laisse autour du cou ? Un secret de famille dévoilé ? Parfois même un crime qu'il faut fuir… Ce petit, là, par exemple, avait évidemment fait une fugue ; on ne se promène pas dans les rues en pleine nuit à cet âge avec un sac à dos plus gros que soi… Une tête d'ours en peluche dépassait du sac, qu'il n'avait visiblement pas réussi à fermer complètement. Emmener Nounours dans sa fugue, on voit les priorités… Pour celui-là je n'avais pas grand risque de me tromper, avouons-le. Sûrement que Maman venait de le gronder une fois encore parce qu'il n'avait pas voulu manger ses carottes, ou qu'on lui avait refusé le tout dernier jeu vidéo à la mode.

Je ne demande jamais à mes victimes pourquoi elles ont quitté leur foyer, cela m'ennuierait tellement que mes brillantes analyses soient fausses, et que leur départ soit lié à une banale querelle à propos du gratin carbonisé… Imaginez la déception que ce serait, alors que j'imaginais déjà madame partie rejoindre son bel amant cardiologue à la clinique des Trois Cèdres pour enfin échapper à ce rustre de mari…

Mais revenons à ce qui m'intéressait à cet instant : cette petite chose, seule dans la nuit noire, qui allait bientôt devenir mon jouet pour quelques délicieuses minutes.

L'enfant empruntait alors une rue étroite dont l'éclairage était pratiquement inexistant. Les réverbères étaient tous éteints ; seules les lampes solaires trônant sur les murets et jalonnant les chemins jusqu'aux maisons diffusaient un faible halo bleuté dans la ruelle. Au-dessus de nos têtes grondait sourdement l'orage qui se préparait. Un éclair lointain illumina furtivement le ciel, et le petit s'arrêta un instant, le nez levé vers la nuit noire, l'air très inquiet. Sûrement commençait-il à regretter la douce chaleur de son lit… Je me glissais, couleuvre traquant sa proie, derrière les murets et les voitures en stationnement. Je voyais la tête de Nounours s'agiter en cadence, au rythme de ses pas précipités. Où diable allait-il ainsi ? La gare la plus proche se trouvait dans la direction opposée… Avait-il seulement conscience du danger qu'il pouvait courir ?

Je m'approchais toujours plus de lui ; il me fallait à présent attaquer, avant que ma proie ne perde tout à fait courage et fasse demi-tour pour rentrer chez elle, la queue entre les jambes. Prenant fermement appui sur l'extrémité de mes doigts, je bondis brusquement et atterris avec souplesse sur le bitume rafraîchi par la nuit. Le choc sourd de mes pieds heurtant le sol fit sursauter l'enfant qui s'immobilisa, les doigts crispés autour des bretelles de son sac à dos. Il pivota lentement, très lentement, comme s'il luttait avec lui-même : fallait-il se retourner ou jouer les autruches ? Le bon sens l'emporta et il finit par me faire face totalement. Son visage se figea d'horreur lorsqu'il m'aperçut. La vague de plaisir, si familière, commençait déjà à monter en moi, me faisant frissonner ; la sève du désir de meurtre déferlait dans mes veines, sa chaleur aiguisait mes sens et faisait palpiter mon cœur. Ma respiration s'accéléra, devenant plus sifflante ; l'enfant l'entendit et blêmit encore davantage.

J'avançai vers lui à pas lents et mesurés, un sourire carnassier se formant sur mes lèvres. Lui et moi savions que la lutte serait inutile, et pourtant elle viendrait. Elle venait toujours. Que c'était drôle de les voir, tous, toujours, s'agripper à leurs dernières espérances de vie, quand tout espoir était vain…

Le petit commença à reculer doucement en me fixant de ses yeux épouvantés, comme on le ferait en présence d'une bête sauvage, espérant sans doute, dans sa stupidité, que je ne remarquerais pas sa tentative de fuite. Puis il fit soudain volte-face et se mit à courir aussi vite que le lui permettaient ses courtes jambes et le poids mort de son sac sur le dos. Je l'entendais haleter de terreur. Par jeu, je lui laissai prendre un peu d'avance puis, quand il fut sur le point d'atteindre le coin de la rue, je m'élançai. En trois bonds je le rejoignis. Lorsque ma main se referma sur son épaule avec la force d'une serre, il poussa un long hurlement muet, la bouche déformée par l'angoisse, et se débattit de toutes ses forces, de grosses larmes roulant sur son visage convulsé. Bien entendu, cela ne lui servirait à rien... Mais comment l'empêcher de tout tenter pour sauver sa peau ? Les légendes couraient dans la ville sur mon compte, pensez donc, j'étais une véritable vedette... Elles s'infiltraient partout, traversaient les ponts et se glissaient sous chaque porte... La terreur avait envahi la petite cité autrefois paisible. L'enfant connaissait mes crimes, mais ces histoires devaient lui paraître irréelles tant elles étaient effroyables. Et à présent c'était son tour, et il me voyait, en chair et en os, dressé devant lui ; et son imagination fiévreuse devait lui offrir bien malgré lui le film atroce de son proche avenir… Ce petit garçon muet incapable d'appeler au secours alors que tant de bons samaritains auraient pu ouvrir leurs volets et accourir vers lui pour l'arracher à mes griffes…Pauvre gosse. Lire dans son esprit était si facile que c'en était navrant. J'étais cependant un peu admiratif : ce gamin avait eu le cran de quitter la chaleur de son foyer, sachant pertinemment qu'il ne pourrait compter sur sa voix pour demander de l'aide ou hurler si nécessaire… Je devais revoir mon jugement envers lui. Même si, bien entendu, cela ne modifierait en rien mes intentions à son égard.

Tandis qu'il se débattait dans un silence à ravir les oreilles du voisinage endormi, une bretelle de son sac se rompit, et son contenu se déversa sur la route. Le fameux ours en peluche, un petit porte-monnaie, un sachet de beignets, une bouteille d'eau et une drôle de petite boîte colorée tombèrent pêle-mêle sur le sol. Quand la boîte heurta le bitume, elle s'ouvrit dans un fracas de timbres aigrelets et une petite musique se fit entendre. Le mécanisme des lamelles s'était déclenché sous le choc, et avant que les notes ne mourussent dans un faible grésillement, j'eus le temps d'entendre l'essentiel de la mélodie.

L'air de cette musiquette me frappa de plein fouet. La forte secousse d'un souvenir profondément enfoui me fit lâcher l'enfant que j'avais empoigné par le bras et je titubai, perdu dans la tempête qui venait de se déferler sous mon crâne. Le jeune garçon préféra abandonner le sac qui gisait, béant, sur la route et il s'enfuit, ne se retournant que lorsqu'il parvint enfin au coin de la rue, sûrement pour s'assurer que je ne m'élançais pas à sa poursuite.

Mais j'étais alors bien trop désorienté pour songer à le rattraper. Dans un brouillard cotonneux, mes yeux le suivirent jusqu'à ce qu'il disparaisse de ma vue, mais mon esprit, pendant ce temps, me propulsait dans un lieu que j'avais tout fait pour oublier.

Une pièce sombre. Seule une petite lucarne haut-perchée obstruée par des barreaux de fer permet au jour d'éclairer d'une lueur blafarde le sordide mobilier. Une paillasse, un seau rouillé. Un plateau posé à même le sol, sur lequel gît un gobelet de métal, à côté d'une écuelle à la propreté douteuse. On croirait le décor d'un mauvais film. Le vent siffle en s'engouffrant sous la porte ; la brise glace les os. Nulle couverture pour se protéger. Une branche d'arbre, à intervalle régulier, vient fouetter la fenêtre de ses griffes noires.

Soudain, un crissement de graviers au loin ; les pas se rapprochent. Ils claquent sur les deux marches et résonnent derrière la porte.

Puis le silence.

L'attente.

L'angoisse.

Le cœur qui cogne dans la poitrine. Faire le moins de bruit possible. Ne pas se faire remarquer. Ne faire aucun bruit qui puise l'énerver... Retenir ses gémissements en enfouissant le poing profondément dans la bouche ; le mordre jusqu'au sang.

Et soudain elle se fait entendre... La petite mélodie grésillante et enfantine de la boîte à musique, si reconnaissable. La panique déferle brusquement ; un déclic, puis la poignée de la porte pivote lentement, lentement ; il aime se faire désirer... Puis une lumière crue se déverse brutalement dans la remise, auréolant mon père d'un halo aveuglant.

C'est son jeu favori : tourner la petite clef pour retendre le ressort, et laisser la musique filtrer à travers la porte. C'est le signal. Quand j'entends la musique, je sais que ça va venir. Quoi que j'aie pu faire pour attiser sa colère, pour justifier d'être à nouveau enfermé dans la remise au fond du jardin, je connais le châtiment. Les coups, les cris. Les injures, les crachats, les brûlures.

L'épouvante qui s'exerce sur l'estomac pour en faire un nœud serré, la boule dans la gorge qui empêche de respirer, les larmes désormais taries d'avoir tant coulé.

Au fil des années, il a bien fallu trouver un moyen pour dépasser tout ça. Pour supporter. Pour avancer. Parvenir à se barricader contre cette peur qui soulevait le cœur… C'était ça, son jeu sadique : avant la douleur physique, la souffrance mentale… Mais une fois la peur éradiquée, il pouvait alors venir et s'acharner contre cette enveloppe débarrassée de toute émotion humaine… Amusant, comme l'instinct de survie avait poussé mon esprit à supprimer le moteur-même de la survie… la peur. Mais quel sens, dès lors, donner à mon existence ?

C'était seulement maintenant que je prenais conscience du lent cheminement qu'avait dû suivre mon subconscient… que je comprenais ce qui avait pu déclencher en moi cette vague de destruction qui dominait ma vie.

*

* *

La pluie tombe à présent ; le ciel se déchire en éclairs intenses. Parfait décor pour une nuit si particulière... Je suis rentré chez moi. Comment, je ne sais pas. Que s'est-il passé entre l'instant où l'enfant s'est enfui, et maintenant ? Ai-je pris les précautions nécessaires ? J'en doute, bien sûr, et je ne me souviens de rien. J'ai dû errer, à découvert, prisonnier de mes souvenirs... pendant que l'enfant, lui, avait tout le loisir de donner l'alerte, et d'indiquer précisément le lieu de notre face à face avorté.

Recroquevillé dans la pénombre de ma chambre, j'attends. L'aube envahit lentement la ville. La pluie ne faiblit pas, on croirait qu'elle essaie de nettoyer mon âme noircie.

Une faible pulsation fait vibrer mon estomac ; une vague nausée m'envahit. À demi-conscient, par automatisme, je me lève péniblement et me dirige à pas lourds vers le frigo. On est loin du félin qui traquait souplement sa proie il y a seulement quelques heures... J'avale distraitement un sandwich cellophané, au cas où mon léger malaise viendrait d'un jeûne trop long. Cependant mon estomac, dans un sursaut convulsif, me fait rendre immédiatement à longs jets brûlants mon sandwich mêlé de bile dans l'évier. Frissonnant de fièvre, je m'essuie la bouche et retourne m'affaler sur mon lit défait. La nausée m'assaille plus que jamais.

Je ferme les yeux avec lassitude et me concentre sur les battements de mon cœur que je sens, douloureux, dans mon ventre. Je mets quelques minutes à comprendre, effaré, que c'est la crainte qui éclot en moi. Une sensation si nouvelle… qu'une petite musique, en l'espace de quatre secondes, a suffi à faire renaître… Les images, sous mes paupières closes, défilent en boucle. Tout ce que j'ai refoulé durant tant d'années, tout m'assaille de nouveau. Oh, comme il était bon de les avoir oubliés, ces jours de souffrance… Mais à présent que la peur pétrit mes os, une douce plénitude envahit mes veines. Quelle étrangeté… Comment puis-je accueillir ainsi cette angoisse, comme si c'était une vieille amie ? Quelle instance supérieure a pu décider de mettre sur ma route l'enfant si pur, qui m'a offert cette partie de moi-même si longtemps oubliée ?

Je peux distinguer, derrière mes fenêtres crasseuses, des lumières crues qui tournoient. Quel beau spectacle que ces lueurs flottant dans l'aube, mêlées aux gouttes de pluie qui martèlent les vitres ! Cet ultime feu d'artifice, créé spécialement pour moi, est un baume à mon âme, il m'émeut plus que je n'aurais pu l'imaginer. Je sais bien que ma fin a sonné. J'entends des bribes de conversation, sans être capable de discerner les paroles ; mais qu'importe, je les devine facilement. Je sais qu'ils arrivent, que ça ne va plus être très long.

L'extinction du soleil noir. J'ai peur, et pourtant je suis impatient. Soulagé. Je suis un monstre, mes crimes ont pétrifié la ville.

J'ai peur !

J'ai peur.

Merci.

Une étrange aventure

Gwénaëlle DAOULAS

« J'ai eu l'impression qu'un invisible levier avait été actionné et que, par une trappe qui se dérobait d'un coup sous mes pieds, je sombrais dans une réalité parallèle. »
Thomas H. Cook

Gwénaëlle DAOULAS

L'*histoire que je vais vous raconter, cher lecteur, vous paraîtra sûrement un mensonge tissé de toutes pièces. Libre à vous de croire ce que vous voulez.*

Je puis, quant à moi, vous assurer que cette extraordinaire aventure s'est réellement produite et que chaque détail est véridique. Foi de Jules !

*
 *   *

C'était par un soir d'automne. Le fond de l'air était chaud, une douce brise semblait jouer avec les feuilles des arbres que j'apercevais par ma fenêtre laissée ouverte.

Les rayons du soleil, d'un rouge éclatant, venaient danser sur le bureau près duquel j'étais assis et révélaient la danse aérienne des grains de poussière en suspension ; la chaude pénombre qui envahissait doucement ma coquette chambre lui donnait un aspect chaleureux et rassurant. J'étais assis à mon bureau, comme chaque soir, cherchant des idées afin d'écrire un de ces livres que j'avais l'habitude de publier pour divertir et instruire les jeunes garçons.

Curieusement, ce soir-là, aucune idée ne me venait en tête ; peut-être était-ce à cause de l'atmosphère tranquille qui m'enveloppait… Mon esprit se vidait peu à peu ; une douce torpeur m'envahit.

Je m'aperçus vaguement que la brise se transformait en un vent froid, de plus en plus violent ; des nuages sombres filaient à grande vitesse dans un ciel obscur et menaçant… Le soleil s'éclipsa, les cieux devenus noirs se chargèrent de reflets jaunâtres.

Malgré un vague sentiment d'inquiétude et les frissons qui commençaient à me parcourir le corps, ma torpeur se faisait de plus en plus profonde. Ma tête, devenue trop lourde, vacilla et bascula mollement en arrière. Le vent violent se mua en une tornade hurlante et mes oreilles bourdonnaient sans relâche…

Stupéfait, paralysé par l'angoisse, je vis au travers de mes yeux voilés de fatigue un petit cyclone faire irruption dans ma chambre.

Soudain, l'écharpe de brume qui enveloppait mon cerveau se déchira et, devant mes yeux terrifiés, le cyclone s'agrandit et me happa brusquement. Autour de moi, tout devint noir.

*
* *

Lorsque je revins à moi, je n'aurais su dire combien de temps s'était écoulé durant mon état d'inconscience. Une purée de poix stagnait devant mes yeux ; lorsque celle-ci disparut et que je pus enfin regarder autour de moi, ce fut pour constater que j'étais dans une pièce froide et inconnue, et que le jour s'était levé depuis longtemps. Hébété, je me relevai encore titubant et tentai de mettre de l'ordre dans mes idées.

Un personnage fort étrange se tenait assis dans un confortable fauteuil au centre de la pièce. C'était un homme d'allure distinguée, calme, et l'élégance de son habit dénotait son appartenance à une classe sociale élevée. Les mains posées à plat sur ses genoux, il regardait trotter l'aiguille de la pendule.

À cet instant, une seconde personne entra – un domestique sans doute, à en juger par son costume. Il annonça l'arrivée d'un autre individu, lequel se présenta : il s'appelait Jean Passepartout.

Il raconta brièvement son parcours ; l'ayant écouté attentivement, je compris que je me trouvais en Angleterre et que le gentleman assis dans le fauteuil se nommait Phileas Fogg.

Sans paraître me remarquer, les deux hommes discutèrent un moment, dans ce qui convient d'appeler un entretien d'embauche, où il fut surtout question de précisions d'horloger. Puis Mr Fogg sortit dans la rue.

Me retrouvant seul avec le dénommé Passepartout qui, à première vue, me semblait être un garçon fort sympathique, j'essayai de communiquer avec lui.

« Bonjour, jeune homme ! Hum, belle journée, n'est-ce pas ? Sauriez-vous par hasard où nous sommes et, hum… ce que je fais là ? »

Mon interlocuteur ne me répondit pas. Je reformulai la question avec plus de vigueur ; il continua de m'ignorer et, même, se mit en devoir d'inspecter la pièce puis le reste de la maison, comme si je n'existais pas… Décontenancé et, je l'avoue, un peu vexé, je m'avançai alors vers lui et agitai mes mains devant ses yeux, tentative qui demeura également infructueuse.

Découragé, je renonçai et me dirigeai en hâte vers la porte afin de rattraper Phileas Fogg.

*
* *

L'ayant vu sortir de sa demeure d'une façon si singulière, allant de son pas mécanique d'automate, je n'eus aucun mal à le retrouver. Dans un premier temps, j'essayai d'éviter les passants ; je m'aperçus vite, à ma grande surprise, qu'aucun d'entre eux ne me voyait et que je ne bousculais pas ceux que je ne pouvais éviter : je leur passais au travers du corps ! Aussi étrange que cela puisse paraître, cette situation ne m'angoissa pas. Au contraire, j'en fus ravi. En quelques minutes, j'avais rejoint Phileas Fogg au pied d'un vaste édifice dont l'enseigne indiquait *Reform Club*. Le suivant au travers de nombreuses pièces, nous arrivâmes dans une salle à manger qu'il parcourut rapidement pour s'asseoir à une table où son couvert l'attendait. Je m'installai en face de lui et recommençai le même monologue que j'avais entretenu dans l'appartement devant Passepartout : comme je le redoutais, Phileas Fogg n'eut lui non plus aucune réaction. Ce n'est qu'à ce moment-là que je pris vraiment conscience de mon statut de simple spectateur. Pour toutes les personnes qui m'entouraient, je n'existais pas. Par quel enchantement m'étais-je retrouvé dans cette incroyable situation ? Aucune explication logique ne me vint à l'esprit ; j'en pris mon parti avec philosophie et décidai de simplement profiter du spectacle. Il devait bien y avoir une raison pour que je me retrouve là… Et s'il n'y en avait aucune, autant jouir de cette promenade impromptue ! Je m'installai donc plus confortablement sur ma chaise, remerciant le ciel au passage de me permettre de ne pas traverser aussi les meubles.

Environ une heure plus tard, Phileas Fogg se leva et se dirigea vers un somptueux salon où de nombreuses personnes consultaient toutes sortes d'ouvrages. Le gentleman s'empara du *Times* et du *Standart Evening* du jour. Curieux de nature, lorsque Phileas Fogg s'absorba dans sa lecture, je me plaçai derrière lui et appris que l'on était le 2 octobre 1872, date du journal, ce qui me rassura : bien que j'aie changé de lieu, je n'avais pas changé d'époque. Simplement, au lieu que ce soit le soir, il n'était que treize heures.

Fatigué par ma course et toutes ces émotions, je m'enfonçai dans un fauteuil face à lui, priant pour que personne n'ait l'idée de s'installer dans le même fauteuil, et dormis pendant les quatre heures que dura sa lecture.

Je m'éveillai à l'instant où Phileas Fogg se levait pour aller dîner. Je décidai de le suivre et le rejoignis à sa table. Glissant furtivement ma main vers la nourriture succulente, je tentai d'attraper un morceau de pain. Malheureusement, j'avais oublié que je n'étais que spectateur et ma main passa au travers du pain.

Poussant un soupir, je renonçai, et tandis que Phileas Fogg terminait son repas, je réfléchis à tous ces événements. Ce qui m'arrivait était incontestablement extraordinaire ; je me promis de retranscrire sur papier cette aventure insolite.

Lorsqu'il eut fini son dîner, Phileas Fogg retourna dans le grand salon et s'absorba dans la lecture du *Morning Chronicle*. Une demi-heure plus tard, cinq gentlemen entrèrent dans la pièce et s'installèrent près de la cheminée, où il les rejoignit peu après.

La discussion s'engagea autour d'un vol de cinquante-cinq mille livres en bank-notes, soustraites à la banque d'Angleterre. Un débat s'ouvrit entre les six hommes, sur le fait que la Terre ait rétréci ou non : que sa taille ait diminué rendrait forcément plus faciles les recherches du voleur, que l'on disait être un gentleman. Puis la conversation s'orienta sur le nombre de jours nécessaires pour faire le tour du monde. Phileas Fogg affirma qu'il était faisable en quatre-vingts jours seulement, et décida d'en apporter la preuve : il réaliserait cet exploit.

Ses compagnons, estimant qu'il était pris d'un subit accès de folie, n'en tinrent pas compte et décidèrent d'organiser un whist, lorsqu'Andrew Stewart, un de ses amis, posa brusquement ses cartes sur la table et paria quatre-vingts mille livres contre Phileas Fogg qu'il ne réussirait pas son entreprise ; lequel paria vingt mille livres en retour. Après s'être concertés, les cinq gentlemen acceptèrent le pari de Phileas Fogg et reprirent leur partie.

L'impassibilité de ce gentleman flegmatique me fit sourire : il proposait un pari pratiquement irréalisable que seul un Américain avait réussi voilà deux ans, et il refusait, en bon Anglais, de tenir compte de l'avis de ses amis. Décidément, cette étrange aventure me plaisait !

*
* *

Je m'abstiendrai de raconter ici toutes les péripéties de ce tour du monde – le roman que j'ai écrit par la suite à ce sujet, dès mon retour, les relate intégralement. Néanmoins cette expérience fut des plus étonnantes pour moi : durant toutes ces semaines, jamais je ne ressentis ni la faim ni la soif, et j'eus souvent le sentiment que le temps défilait plus vite que dans ma réalité… Certes, j'étais totalement immergé dans l'univers de mes compagnons, cependant j'eus parfois l'impression de vivre leurs aventures de la même manière que si je lisais un bon roman d'aventures, dont les ellipses narratives et autres résumés permettraient d'accélérer le rythme.

Je tiens seulement à rappeler que, dans mon ouvrage achevé un an plus tard, Miss Aouda, maintenant épouse de Phileas Fogg, n'avait pas été décrite. Sa beauté m'avait tellement frappé que je n'avais trouvé aucune phrase, aucun mot pour la décrire, et que j'avais dû me résoudre à emprunter la poésie du roi Uçaf Uddaul. À présent, des années plus tard, alors que son souvenir me hante encore, j'ai trouvé des mots assez forts qui, je l'espère, vous feront comprendre l'amour fou du gentleman – et le mien – pour cette jeune femme.

Jamais créature plus sublime ni plus pure n'eût pu se trouver dans nos régions. Bien qu'on y rencontrât, je l'avoue, de fort belles dames au visage couleur ivoire, aucune n'eût pu égaler la perfection de ses yeux immenses, légèrement bridés, et d'un noir aussi brillant qu'un puits obscur recelant une eau limpide. Son teint ambré contrastait merveilleusement avec sa petite bouche vermeille en forme de cœur. Sa taille élancée était celle d'une plante magnifique qui, dans sa croissance délicate, se pare de feuilles et de fleurs exquises.

Je crains fort, cher lecteur, que vous ne soyez déjà en train de vous moquer de ces mièvres métaphores. M. Verne ne fait pas dans le sentimentalisme, n'est-ce pas ?

Cependant je crois que, dès l'instant où je vis cette sublime créature, j'en tombai éperdument amoureux, avec une telle violence que j'eus du mal à accepter le fait que je ne la reverrais jamais. Je profitai des quelques semaines passées en sa compagnie pour m'abreuver de sa beauté angélique, et assistai avec une grande émotion mêlée à une forte dose de jalousie à son mariage avec Phileas. Mais lorsque leurs vœux furent prononcés, le lundi 23 décembre, je me sentis soudain de trop. Pour la première fois, j'éprouvai une certaine gêne en leur compagnie, comme si, de spectateur, je me faisais voyeur. Je compris que je n'avais plus du tout ma place dans cet univers étrangement semblable au mien et dis adieu à mes compagnons de voyage, comme je me plaisais à les nommer. Sortant de l'église, je me mis à déambuler dans la ville, ne sachant que faire. Deux jours passèrent ainsi ; je tuai le temps en découvrant les monuments londoniens, mais me fis la réflexion que ces visites auraient un meilleur attrait si je ne les faisais pas seul… Alors qu'une vague de nostalgie déferlait sur moi, Big Ben sonna minuit à toutes volées. La Noël était là, et moi je n'étais pas chez moi, entouré des miens. La femme dont la beauté et la grâce m'avaient percé le cœur appartenait désormais à un autre ; à quoi bon cette extraordinaire aventure pour finir seul, un soir sacré, l'âme désespérée ? Alors qu'une larme commençait à rouler sur ma joue, le vent se leva dans la rue où résonnaient des cantiques, un tourbillon surgit de nulle part, m'enveloppa de nouveau et, comme la première fois, ce fut le noir. À mon réveil, je me trouvais dans mon fauteuil de bureau ; la lune était haute dans le ciel ; une fraîche brise automnale soufflait par la fenêtre restée ouverte, éparpillant au sol mes feuillets vierges. Jetant un regard sur ma montre à gousset, je constatai avec stupéfaction que quelques heures seulement venaient de s'écouler !

Avec le temps, revenu à Amiens, mon désespoir secret d'avoir perdu mon amour oriental se fit moindre, mais je pris l'initiative de faire des recherches sur ces trois personnages : Phileas Fogg, Miss Aouda et Passepartout. Au terme de nombreuses investigations, je trouvai enfin des renseignements sur eux : ils existaient bel et bien, mais n'avaient jamais vécu de pareilles aventures.

M. Fogg vivait en Angleterre avec sa femme et son fils, Jean Passepartout demeurait en France, où il était instituteur, et Miss Aouda n'avait jamais quitté son Inde natale...

De plus, si ce tour du monde en quatre-vingts jours avait véritablement été effectué, la nouvelle, elle aussi, aurait fait le tour de la planète : le record de vitesse de George Francis Train aurait été battu, puisque Fogg l'avait accompli en soixante-dix-neuf jours seulement. Or, pareille concurrence n'a jamais été ébruitée. Il faudrait attendre quelques années pour que le record soit de nouveau battu, et jamais le nom du gentleman anglais n'apparut, hormis dans mon roman...

Le mystère pour moi demeurait entier, jusqu'à ce jour béni où, saisi d'une idée folle, je me précipitai à la bibliothèque et fonçai vers les livres traitant des phénomènes paranormaux. Après plusieurs heures de recherche, alors que le découragement commençait à m'envahir, je trouvai enfin un ouvrage évoquant ce qui m'intéressait : les mondes parallèles... Plusieurs personnes attestaient avoir vécu la même aventure que moi : elles avaient été projetées dans un monde où elles avaient rencontré des amis qui ne les avaient pas reconnues. De plus, ces mêmes amis avaient des emplois différents, n'étaient pas mariés aux mêmes personnes et n'avaient pas la même personnalité…

J'avais enfin la preuve – même si cela vous paraitra être pure fiction – qu'il existe bel et bien un monde parallèle, et que c'est précisément dans ce monde que je venais d'évoluer.

Tel un vélociraptor…

« Pour ceux qu'agitent de grandes pensées,
que remuent de vastes projets,
le présent est un désert qu'ils ont hâte
de traverser afin de toucher à cet avenir
que le lointain et le mystère rendent plus attrayant ;
et si des nuées d'orage
s'avancent noires sur un côté de l'horizon,
ils en détournent les yeux
pour regarder le côté pur du ciel :
Le cœur de l'homme
est inépuisable en ressources
pour se déguiser un sinistre avenir. »
Louis-Auguste Martin

Gwénaëlle DAOULAS

« *Cours, saute, bondis ! Fonds sur ta proie ; regarde-la, elle est juste là, sous tes yeux, elle ne se doute de rien... Elle broute, regarde ; elle broute ! Bientôt il sera trop tard, vas-y, attaque !*

C'est bien. Regarde comme elle a peur. Ses yeux affolés s'agrandissent, ça y est, elle a compris... Un coup, deux coups, c'en est fini d'elle.

Ce n'était pas terrible, mon vieux, tu attends trop ! Tu es trop indécis. Allons, pas de pitié ! Tu es censé être le plus rapide de tous les dinosaures, soutiens au moins ta réputation !

Bon, allez, tant pis, ce n'est pas grave, tu feras mieux la prochaine fois. Je compte sur toi. »

Détachée de l'arbre où elle poursuivait quelques minutes auparavant sa lente ascension, la bête gît désormais sur le sol, inerte. Une petite tache sombre commence à se former sous son corps disloqué. Il la regarde, un goût amer dans la bouche. Pourquoi n'est-il pas heureux ? Il l'a eue, il l'a tuée, il est si fort… Poussant un soupir las, il se détourne de la maigre dépouille et s'éloigne lentement.

« D'un pas chaloupé, sa queue fouettant mollement l'air alourdi du crépuscule, le vélociraptor s'éloigne. La proie était si petite ; le jeu n'en valait pas vraiment la chandelle. S'il pouvait se mesurer à quelque chose de plus gros, de plus grand, qui nécessiterait un combat ardu, tenace, duquel il sortirait vainqueur !

Mais non, arrête, tu sais bien… Tu es tout le temps confronté à une créature minuscule, et pourtant tu ne parviens pas à la vaincre… Elle est toujours là, quelque part ! Et elle fait tout pour que tu ne l'oublies pas… »

Le soir tombe vite à présent, les lucioles commencent déjà à apparaître. Les effluves de la journée flottent dans l'air, un parfum enivrant s'enroule comme un voile autour de lui. D'ici quelques instants il fera tout à fait noir, et les étoiles ne tarderont pas à scintiller, paisiblement, l'une après l'autre. Un sentiment de sérénité l'envahit peu à peu, il en oublierait presque cette chose qui le ronge, qui l'envahit, qui occupe jour et nuit ses pensées.

Une voix au loin le tire de sa rêverie naissante, et, ébrouant ses pensées, il remonte le sentier pour répondre à l'appel.

*
* *

« Une nouvelle journée s'offre à toi, ne la gâche pas ! Bon pied bon œil, telle est ma devise ! Il fait beau, les oiseaux chantent, il reste encore quelque temps avant que l'autre ne vienne... Ah, celui-là, tu vas lui faire mordre la poussière ! Ce jour est le tien, c'est le bon, c'est celui qu'on attendait... Je le sens. Tu voulais combattre un monstre, un vrai, un qui te fait peur ? En voilà un. Il est temps que tu le terrasses, il a fait assez de mal autour de lui comme ça ; tu n'es pas le premier sur lequel il s'acharne. Les autres, tous ceux qui ont dû subir sa terrible loi, te remercieront, t'acclameront, tu seras un héros !

Aïe ! Qu'est-ce que c'est ? »

Un choc violent l'a fait vaciller. Quelqu'un vient de le heurter de plein fouet, entraîné dans sa course folle,

« poursuivant certainement son futur déjeuner qui en profite pour s'échapper. Qu'il est maladroit, celui-là ! Ce n'est pas comme ça qu'il attrapera quelque chose ! Quel lourdaud ! On appelle ça la sélection naturelle, mon gars. »

Il tente de pivoter, mais sent une forte résistance ; quelque chose a dû se coincer là-dessous lors de l'impact.

« Oh, excuse-moi, je suis désolé, heu... Je ne l'ai pas fait exprès, vraiment. Ça va, je ne t'ai pas fait mal ? »

Grommelant, il ne répond pas et se dégage tant bien que mal de l'anfractuosité dans laquelle il a partiellement basculé. Puis, rageur, il tourne le dos à son camarade de plus en plus confus et s'en éloigne ostensiblement, pour s'arrêter quelques mètres plus loin.

Comme chaque jour, les heures s'égrainent trop lentement, sous les regards un peu apitoyés des autres, toujours ces regards ; il voudrait pourtant faire taire un jour tous ces yeux qui le fuient mais dont il sent continuellement le poids dans son dos, sur sa nuque. Des coups d'œil en anguille, louvoyants, qu'il ne parvient jamais à saisir réellement, qui s'échappent des serres sans pitié de son propre regard.

Lorsqu'en fin d'après-midi il rentre chez lui, il aperçoit au loin une silhouette qu'il connaît bien. Cette forte ossature, ce maintien altier, sûr de lui, sûr de sa toute-puissance... L'effet de clair-obscur s'estompe, et les traits de l'ennemi, dans sa blancheur réglementaire, se dessinent peu à peu dans la lumière crue qui inonde le jardin.

« Il se rapproche toujours plus près, toujours plus près du mastodonte. Il doit faire au moins trois fois son poids. Ça y est, le moment fatidique est arrivé, il est là, enfin, devant lui… Celui qu'il redoutait avec tant d'impatience. Celui pour qui, depuis des heures, depuis des jours, il s'est préparé. Il est si proche à présent qu'il pourrait presque le toucher. »

Son esprit s'affole, les souvenirs affluent vers sa mémoire. Les douleurs, les peines, toutes ces souffrances que lui a infligées le monstre qui se tient tranquillement à quelques pas de lui, comme si de rien n'était ! Toutes ces heures durant lesquelles il était sous son emprise, impuissant, forcé à des activités que son être tout entier refusait, à des expériences contre-nature, censées pourtant apporter la paix dans son corps… Des images, en fulgurance, se bousculent, noyées dans la lumière diffuse et safranée que laisse passer la fine membrane de ses paupières closes ; leur violence est telle que, pour leur échapper, il se hâte de rouvrir les yeux.

« Tu étais plus petit, tu étais plus faible, mais au-

jourd'hui tu es prêt. Ton entraînement n'aura pas été vain. C'en est fini de cette domination arbitraire. Tu es désormais seul maître à bord, c'est décidé ! »

La rage lui monte au cœur. Dans un sursaut de haine, il recule, prend son élan, se précipite sur lui. La collision est plutôt violente : l'ennemi titube, désarçonné. Des cris se font entendre derrière lui, une jeune femme se dirige vers eux en courant.

« Benjamin, arrête ! s'écrie-t-elle en s'interposant. Mais qu'est-ce que tu fais ? Tu es devenu fou ? Le docteur se déplace exprès pour te voir, et c'est comme ça que tu le remercies ? »

Tout en maintenant son fils à distance, elle se tourne, embarrassée, vers le médecin.

« Excusez-le, docteur, je ne sais pas ce qu'il a en ce moment, il passe ses journées à rêvasser dehors, sous les arbres, avec ce masque ridicule sur le visage. Mais il est tout le temps en colère… souffle-t-elle, les yeux brillants de larmes.

— Ce n'est rien, je comprends. Ce n'est pas facile tous les jours, n'est-ce pas, bonhomme ? » sourit le médecin, tout en époussetant sa veste blanche que l'enfant vient d'agripper.

« Le vieux tyrannosaure n'a pas l'air de souffrir du terrible assaut qu'il vient de subir. Les griffes que le véloci-

raptor a plantées furieusement dans son poitrail ont laissé deux plaies sanglantes, que le colosse ne semble pourtant pas sentir. Celui-ci se tourne vers lui, ouvre une gueule immense, laissant apparaître des dents acérées. Vu du dessous, on dirait presque qu'il sourit, c'est d'un ridicule !

Tant pis, cette fois n'était pas encore la bonne, mais tu progresses ! Bravo. Il a quand même chancelé un peu, ce n'est déjà pas si mal. »

Le docteur, un sourire compatissant accroché au visage, tend la main vers l'enfant.

« Oh oh, il approche, il approche ! Vite, filons, ce serait dommage qu'il nous attrape mainten… »

« Ah non, ça suffit ! Reviens immédiatement ! Ton petit jeu a assez duré, je vais finir par me fâcher ! »

Sa mère le rattrape juste au moment où il va tourner au coin de l'allée.

« Tu n'as pas bientôt fini de nous faire tourner les sangs, comme ça ? Mais où es-tu allé traîner ? Tu es couvert de poussière… Je te donne deux minutes pour aller te débarbouiller, et ensuite tu viens nous rejoindre dans le salon. Oust ! Dépêche-toi. »

Le ton est sans appel ; l'enfant s'éloigne lentement. Propulsant gauchement son fauteuil à la force des bras, il s'approche de la terrasse, retire son masque de dinosaure qu'il jette dans un soupir, et disparaît derrière la maison.

Malgré tous ses efforts, la maladie – son quotidien – l'a rattrapé à nouveau et l'enveloppe maintenant de son halo glacé.

Échappée de sa poche dans son attaque désespérée contre le médecin, une petite figurine gît dans la poussière…

C'est un minuscule vélociraptor, connu pour sa vitesse et son agilité.

Le Mystère de la chapelle illuminée

« On aime tant le mystère que ce demi-aperçu
qui laisse à l'imagination
la possibilité d'en deviner davantage, plaît plus
que la réalité. »
Pierre-Jules Stahl

Gwénaëlle DAOULAS

Au croisement de la Rue de Mailly-Maillet et de la Rue Neuve, on peut apercevoir, chétive et blottie dans une dépression du sol, une petite chapelle. Son toit est enfoui dans le feuillage des arbres qui forment un cocon autour d'elle, sa porte n'est fermée que par un frêle cadenas qu'un simple coup suffirait à faire sauter. Elle ressemble à ces petits édifices construits autrefois dans les cimetières par les riches familles, soucieuses de pérennité, qui souhaitaient que leurs dépouilles soient préservées dans une crypte. Ses murs ne doivent guère excéder un mètre cinquante de long, et le faîte du toit, dominé par une vieille croix de pierre, parvient à se dissimuler derrière les premières feuilles du gros chêne qui trône majestueusement à sa gauche. Sa petite porte de bois est divisée en huit modestes vitraux de verre jaune, et sous la charpente, de chaque côté, trône un œil-de-bœuf. Cette modeste chapelle, c'est celle qui sert de repère à tout voyageur. Elle indique que l'on sort du village d'Englebelmer. Presque un hameau. On ne compte que deux cent quarante-neuf âmes dans ce petit village niché aux confins de la Picardie. Nul ne sait réellement si cette chapelle a une histoire. Alors, comme tout ce qui existe sur Terre cherche son origine, on invente. On lui trouve une, deux, trois légendes, selon les âges, les esprits, les impressions profondes.

Cette chapelle, en effet, a une particularité. Si par aventure un promeneur du soir emmène son épagneul courir dans la campagne, en sortant du village il devra doubler le petit édifice et se diriger vers l'est noyé d'obscurité, laissant les derniers rayons du soleil couchant réchauffer sa nuque. En ces conditions, comment expliquer que la petite chapelle semble embrasée de l'intérieur, comme si elle filtrait les derniers rayons du soleil ? Est-ce dû à la couleur des vitraux ? Peut-être les lambeaux du crépuscule sont-ils happés et amplifiés par ce verre doré, donnant l'impression qu'une lumière s'est allumée sous le toit de la chapelle...

Il est désormais facile de comprendre pourquoi bon nombre de légendes rampent le long des vieux trottoirs, rôdent dans les cours de ferme et s'insinuent dans les chaumières lorsque la nuit enveloppe le village de son lourd manteau. En conversations surprises, en révélations chuchotées ou au contraire clamées comme une vérité triomphante, ces légendes aujourd'hui parviennent enfin à l'oreille du monde.

*
* *

Un voyageur sans attaches, au hasard de ses errances, découvrit un jour ce minuscule village. Devant son charme ancestral et sa sérénité, il décida d'y séjourner quelque temps, afin de se ressourcer auprès de ces vieilles gens que l'on peut voir parfois, les jours de beau temps, accoudées à leur fenêtre ou assises sur une chaise en formica au pas de leur porte, une bassine de haricots verts à équeuter sur les genoux.

Il n'avait pas manqué, en entrant dans Englebelmer, de remarquer cette petite chapelle abandonnée. Un soir de juin qu'il profitait de la tiédeur de la fin de journée, il fit l'expérience de cet étrange phénomène. La lumière qu'il pouvait voir à travers l'œil-de-bœuf était non pas diaphane, comme pourrait l'être toute lueur mourant dans le crépuscule, mais réellement enflammée, vive, dense, comme si le soleil s'y engouffrait par l'arrière. Pourtant ce dernier chauffait doucement son dos.

Un vieillard clopinant qui cheminait péniblement sur le bas-côté surprit son regard étonné et lui offrit un sourire édenté.

« Vous vous d'mandez sûrement c'que c'est qu'cette magie-là... Ah ça, vous allez en entendre, des explications là-dessus ! Mais mi j'vous l'dis, monsieur : c'te chapelle, elle est hantée !

— Excusez-moi ? Hantée ? Mais ces choses-là ne se rencontrent que dans les contes pour enfants ! Il y a forcément une explication rationnelle...

— J'vas vous raconter, mi ! Venez avec mi. »

Il l'emmena à pas lents à travers les petites rues du village, jusqu'à un petit corps de ferme qui semblait avoir résisté aux assauts de la dernière guerre. Les murs en torchis paraissaient défier toutes les lois de la physique, et notre voyageur se demanda comment ils pouvaient ne pas s'effondrer, tant ils penchaient du côté de la rue. Le vieil homme poussa le portillon rouillé et ils pénétrèrent dans la cour, où ils furent joyeusement accueillis par trois épagneuls bretons bondissants.

« Couché, Amos ! Couchée, Diane ! Allez, va-t-en, Lisse. Laisse-nous passer, bon diu ! »

Le vieux le fit alors entrer dans une maisonnette où une odeur de tarte chaude les assaillit immédiatement.

« Jo ! On a de la visite. Fais-nous un bon p'tit café !

— Qu'équ'tu dis, l'homme ? Mais qui que t'as ramené là ? »

Une toute petite bonne femme, qui semblait avoir dépassé les quatre-vingt-dix ans tant sa peau était parcheminée, sortit de la cuisine en s'essuyant les mains sur son tablier. Elle sourit d'un air étonné à son nouvel hôte et lui désigna le sofa qui trônait au coin de la cheminée.

« C't un voyageur ! Un aventurier ou je ne sais quoi. Il trouve notre village *tout à fait charmant*, qu'il a dit. »

Et il partit d'un bon rire franc, qui s'acheva en quinte de toux. Les deux hommes s'installèrent dans des fauteuils délicieusement avachis, et le vieux commença son récit.

« Autrefois, Englebelmer avait pour voisin tout proche un aut' petit village, Vitermont. Pendant la Révolution Française, on a décidé qu'les deux paroisses devaient fusionner. Nulle part ici, vous pourrez l'voir, n'apparaît le nom de Vitermont. La seule trace qu'on en garde c'est s'n ancienne église, vous l'avez vue je pense : aujourd'hui, c'est la salle des fêtes ! Tu parles d'une consolation… Ils ont transformé une église, où les gens venaient prier et se marier devant Diu et enterrer leurs morts, en lieu d'fête ! et même de débauche parfois, oui, monsieur… Le nombre de fois où j'en ai vu, des fêtards, sortir complètement ivres d'là-dedans, et beugler dans les rues… Ah çà, d'mon temps, on avait un peu plus de respect. »

La véhémence du vieillard commençait à mettre vaguement mal à l'aise le voyageur, mais le vieux se calma et poursuivit :

« Vous comprenez, monsieur, cette paroisse a été rayée d' la carte et des cœurs ! Comment les aïeux qu'ont passé toute leur vie à Vitermont pourraient aujourd'hui trouver le repos, alors qu' leur village a été dévoré par son voisin ? Le seul lieu sacré qu'il leur reste, c'est c'te petite chapelle, où on peut parfois les sentir. Oui monsieur, elle est bien hantée ! Et depuis plus de trois siècles… »

Ce récit laissa songeur le jeune homme, qui prit congé des vieillards après les avoir chaleureusement remerciés pour leur hospitalité. En lui ouvrant la porte, la vielle femme lui glissa à l'oreille :

« L'écoutez pas trop, allez, il en dit des sornettes, m'n homme… Et c'est pas maintenant que j'vas le changer ! »

Décidément, ce village n'était pas ordinaire… Il fallait à présent trouver le moyen de connaître les autres légendes qui planaient autour de cette étrange chapelle. Tandis qu'il formulait ces pensées, ses pas le ramenèrent à la ferme où il logeait le temps de son séjour. Faisant le moins de bruit possible, il se faufila à tâtons jusqu'à sa chambre, veillant à ne heurter aucun des meubles noyés dans l'encre de la nuit.

*
* *

Le lendemain, alors qu'il flânait dans les rues du village écrasé par la chaleur qu'aucun souffle de vent ne venait alléger, le voyageur surprit une conversation entre deux très vieilles dames qui marchaient péniblement en direction du cimetière. Celui-ci se situe à la sortie d'Englebelmer, à l'exact opposé de la chapelle. Elles serraient contre leur maigre poitrine un bouquet de fleurs des champs fraîchement coupées.

« Tu sais, dit la première, je me demande si on ne devrait pas arrêter de déposer nos gerbes sur sa tombe…

— Comment ça ? s'offusqua l'autre, se tournant vivement vers elle. Alors ça y est ? Le temps est fini, où on priait pour notre cher papa disparu ? Tu tournes la page ? Et maman, on peut continuer à entretenir sa tombe, ou bien tu estimes qu'on l'a suffisamment fait ?

— Bien sûr que non, soupira-t-elle, je ne voulais pas dire ça. Évidemment que nous allons continuer à honorer sa mémoire… Mais j'ai l'impression que, vu les drôles d'événements qui se produisent de l'autre côté, il serait peut-être temps de déposer nos fleurs ailleurs que sur sa tombe…

— Mais où veux-tu donc qu'on les mette ? Tu voudrais que, maintenant que nous sommes vieilles et impotentes, nous allions au Camp Terre-Neuvien pour prier là où il est tombé ? Et qu'on continue quand même à venir ici pour voir maman ? Tu te rends compte que ce serait un vrai pèlerinage, pour nos pauvres os !

— Je sais tout cela… Je pensais, comment dire… »

Les deux vieilles dames s'étaient arrêtées au milieu de la rue. Le voyageur tenta de se dissimuler du mieux qu'il le pouvait, tout en ressentant une légère honte d'espionner ainsi les gens. Mais cette nouvelle histoire était, elle aussi, passionnante. À présent qu'elles avaient évoqué le Camp Terre-

Neuvien, ce site consacré aux soldats canadiens morts pour la France en 1916, il parvint à reconnaître le très léger accent anglais qui chantait dans leur voix. Un petit coin de Canada s'était invité il y a des décennies dans la campagne picarde, puisque ces deux femmes avaient vraisemblablement grandi ici.

« Je me demandais si les lumières dans la chapelle ne nous étaient pas adressées, ou du moins, si elles n'étaient pas liées aux soldats canadiens tombés pendant la Grande Guerre, poursuivit la première. Et si leurs esprits voulaient qu'on se souvienne qu'ils sont morts pour nous ? Nous, on entretient la tombe de papa, on lui apporte des fleurs, mais que fait-on de tous les autres, leurs amis, leurs frères d'armes, qui sont morts comme eux, pour que ce village, entre autres, survive aux Allemands ? Tu as forcément dû le remarquer, la lumière vient directement de l'arrière de la chapelle. Et qu'y a-t-il tout au bout de la route qui relie Englebelmer à Auchonvillers ? Le Camp Terre-Neuvien. Leur âme rôde dans les plaines qui les ont vus tomber, le cimetière d'Englebelmer n'a rien à voir avec eux.

Que dirais-tu si nous allions plutôt porter nos fleurs à la petite chapelle ? Ce geste les apaiserait peut-être... Nous ferions un pas vers les lieux où ils se sont battus, quand bien même on ne parviendrait pas à aller jusqu'au Camp Terre-Neuvien... »

Ému, le voyageur les regarda gravir le sentier qui menait au cimetière, déposer l'un des bouquets sur ce qu'il devina être la tombe de leur mère, puis rebrousser chemin et s'acheminer lentement vers l'extrémité Est du village. Une fois encore, une légende s'était créée, distillat des croyances et des rêves des habitants. Pour celui-là, c'était l'Histoire qui se réveillait et qui réclamait son dû ; pour celles-ci, c'était l'histoire familiale qui vibrait dans leurs cœurs et leur interdisait d'oublier leurs racines... Mais les enfants ? Comment interprétaient-ils le phénomène, eux si friands des contes de maison hantée ? Quelle nouvelle légende enfantine avait bien pu naître dans leurs esprits enfiévrés par l'excitation et l'effroi ?

*
* *

Le jeune homme décida donc de mener son enquête. Jusqu'ici, les récits qu'il avait entendus, il ne les avait pas réclamés ; c'était en révélation chuchotée ou en conversation surprise qu'il avait tissé autour de la chapelle un voile qui, au lieu d'éclaircir le mystère, au contraire l'épaississait davantage. À présent, il allait questionner les enfants du village afin de connaître l'explication qu'ils pourraient donner sur cet embrasement singulier.

Il parcourut les rues d'Englebelmer, à la recherche de ses petits habitants. Bien sûr, il n'en croisa aucun. Où diable étaient-ils passés ? Restaient-ils donc tous calfeutrés chez eux devant la télévision ? Il commençait à désespérer lorsqu'il aperçut un groupe d'enfants jouant devant le vieil abri d'autobus en pierre, tout près de l'église. Le plus âgé ne devait pas avoir plus de dix ans. Préparant mentalement ce qu'il allait leur dire, il s'approcha d'eux en souriant.

« Bonjour, les enfants ! Belle journée, n'est-ce pas ?

— Bonjour, m'sieur. Oui, il fait beau... »

Ils paraissaient un peu mal à l'aise devant cet homme qu'ils n'avaient jamais vu auparavant. L'aîné s'avança, l'air protecteur, cachant les petits derrière son dos. Le voyageur s'empressa de poursuivre.

« Je suis détective privé, et je vais avoir besoin de vous pour élucider une affaire ! »

Cela restait un pieux mensonge... et l'effet attendu ne tarda pas. Les enfants, agréablement surpris qu'on sollicite leur aide pour percer un mystère, prirent un air important et bombèrent le torse. Une fillette de huit ou neuf ans prit la parole :

« On vous écoute, m'sieur. Je suis sûre qu'ensemble, on y arrivera. Alors, cette affaire ? »

Réprimant un sourire, l'homme leur exposa les faits. Comment se faisait-il que la chapelle semblât rayonnante au crépuscule, alors que le soleil ne l'atteignait plus ?

Les enfants se lancèrent un rapide coup d'œil, et la petite fille reprit la parole.

« Nous, on sait ce qui se passe là-dedans. On a même des preuves ! C'est une sorcière qui y habite : elle vit à l'étage, sous le toit. C'est pour ça qu'on ne voit de la lumière qu'à la fenêtre ronde, tout en haut. En bas, elle n'en a pas besoin. Elle fabrique ses potions pendant la journée, au rez-de-chaussée, et le soir elle monte à l'étage en attendant qu'il fasse tout à fait nuit. Alors, seulement, elle sort… et elle rôde… » acheva-t-elle d'une voix sépulcrale.

Un bambin d'environ cinq ans poussa un petit cri.

« Et même que ma sœur, eh ben ma sœur, elle m'a dit que la croix en pierre, tout en haut du toit, elle sert à éloigner la méchante sorcière, normalement ! bégaya-t-il. Mais on dirait que ça marche pas… »

La fillette, vraisemblablement la sœur en question, se redressa fièrement.

« Oui, il est au courant. On a un rituel, ici. Dès qu'ils ont quatre ans, les petits sont mis dans la confidence. Il faut bien qu'ils sachent qu'il y a un danger… Imaginez qu'ils ne soient pas au courant et que la sorcière vienne les attraper ! »

La fillette se rua alors en rugissant sur son frère, griffes en avant. Le garçonnet poussa un hurlement mi-ravi, mi-terrifié, et s'enfuit de quelques mètres avant de s'arrêter, jaugeant la distance de sécurité laissée entre lui et sa tortionnaire de sœur.

« Voilà m'sieur, vous savez tout ! » conclut la fillette essoufflée, visiblement satisfaite de son rôle autoproclamé de porte-parole. Le voyageur distribua quelques bonbons aux enfants en remerciement et les quitta.

Le soir-même, après un dernier arrêt songeur devant la chapelle illuminée, il reprit la route, son sac sur le dos, en quête de nouveaux mystères ruraux à découvrir. De réponse logique, il n'en avait obtenue aucune. Mais qu'importait ? Mieux qu'un fait scientifique, c'était l'âme du village qu'il avait contemplée ici.

Gwénaëlle DAOULAS

Requiem pour un pianiste

« Dieu nous a donné la musique
pour calmer nos passions. »
Platon

 Reste là. »
La voix se faisait glaciale. Menaçante. Ajustant son manteau, elle ne répondit pas et se dirigea vers la porte d'entrée.

D'un bond il la rejoignit. Depuis des jours, des semaines, il n'en dormait plus. Dès qu'elle écoutait un de *ses* disques, tandis qu'elle entrait dans une de ses transes habituelles qui ne la quittaient pour ainsi dire plus, il fulminait. Il n'existait plus dans ces moments-là. Ni dans les autres d'ailleurs… Même dans les instants banalement partagés d'une vie commune qui déjà s'étiolait, elle était avec *lui*. Ses doigts tambourinaient distraitement sur la table en formica ; sa bouche fermée fredonnait le dernier single sorti… À force d'entendre encore et encore les mêmes mélodies, il parvenait désormais à reconnaître l'air de piano qui jouait sa valse lente dans l'esprit de sa femme, même quand elle ne chantait pas. Quelques mesures tapotées sur la table et voilà qu'*il* venait même le faire chier jusque dans sa propre cuisine !

Ce satané musicien… Voilà un an qu'il avait commencé à sévir. Un an qu'il avait commencé à détruire son ménage – bon nombre de ménages. Combien d'époux étaient dans sa situation ? Combien de maris aimants se trouvaient à présent délaissés, relégués au rang de bibelot dans la maison, tandis que ces dames hurlaient leur amour pour le jeune prodige ?

« Mais tu ne te rends pas compte, Roger ? À vingt ans, il est déjà auteur-compositeur-interprète et tu as entendu sa voix divine ! Et sa musique… Oh là là… »

Les soirs de concert, la petite salle était envahie d'une horde de femmes, issues de tous les milieux, qui pleuraient en entendant la musique qui jaillissait des doigts de fée du pianiste, et qui ensuite se pâmaient quand il commençait à chanter. Face à l'engouement qui avait saisi la salle comble lors de la première du jeune musicien, le directeur de la salle de spectacles – maudit soit-il ! – avait eu la bonne idée de signer un contrat avec l'artiste. Florian Campioni se produisait désormais une fois par quinzaine dans la petite ville, réservant ses autres soirs pour distiller le poison de sa musique dans d'autres bourgs. Il fallait avouer que sa figure était jolie : une gueule d'ange, un regard limpide, un sourire timide, des petites boucles désordonnées autour de ce visage imberbe… Un petit Éros qui faisait fantasmer toutes les bonnes femmes de la ville.

L'homme empoigna le bras de son épouse qui venait d'ouvrir la porte. Son geste fut plus brutal qu'il ne l'avait souhaité ; elle se dégagea vivement en criant de douleur, lui lança un regard empli d'un froid dédain et s'enfuit sans se retourner.

Désemparé, il resta là, sans bouger, écoutant le claquement rapide des talons qui s'éloignaient dans l'escalier obscur.

Bordel !

Le visage fermé et les mâchoires contractées, il attrapa les clefs de voiture accrochées sous le miroir de l'entrée et descendit en chaussons dans la rue, ne prêtant aucun intérêt à sa tenue ni à la porte de son appartement laissée béante.

*
* *

Florian consulta sa montre. Il était déjà dix-neuf heures ; il allait falloir se presser un peu. Un petit tour par la salle de bain, quelques gouttes d'eau de toilette, une cravate réajustée, une main passée à la hâte dans les boucles blondes… C'était tout le temps la même chose. Quand il devait jouer, le temps se mettait à filer sans qu'il s'en aperçût. Il passait l'après-midi à rejouer certains morceaux, puis s'installait dans son fauteuil face à la baie vitrée pour profiter de cette vue si apaisante. Il avait bien fait d'acheter cette petite maison à crédit deux ans auparavant : elle ne payait pas de mine, mais le salon était troué d'une immense fenêtre qui offrait au regard un plongeon dans la forêt avoisinante. Lorsque le soleil commençait à se coucher, pour peu que le temps fût clair, les arbres semblaient s'irradier, la forêt entière devenait un gigantesque brasier qui ensuite s'éteignait comme par magie dès que le soleil disparaissait à l'horizon. Ce spectacle grandiose ne manquait pas de l'apaiser totalement. C'était devenu un véritable rituel ; il pouvait alors partir, serein, vers son public qui l'attendait.

Sa maison se trouvait à une dizaine de minutes de marche du centre culturel. Le temps était clément, une légère brise faisait s'agiter les feuilles des arbres plantés le long du trottoir. Il décida de s'y rendre à pieds au lieu d'utiliser sa voiture. Il enfila une veste légère par-dessus son costume de scène, récupéra sur le pupitre du piano le dossier contenant ses partitions et ses textes et claqua la porte derrière lui.

Il marchait en sifflotant, guilleret, impatient de retrouver cette foule qui jamais ne lui avait fait défaut depuis le début de sa jeune carrière, il y a de ça trois ans. Sa foi immense en son talent lui donnait des ailes. Il savait pertinemment que son public serait toujours là, fidèle au poste.

Arrivé devant le théâtre, il s'arrêta au feu rouge du passage protégé et, d'humeur joyeuse, se mit à essayer de deviner où pouvaient bien aller les voitures qui le frôlaient. Dans celle-ci, la conductrice était coiffée avec soin, maquillée, et apparemment bien habillée. Se rendait-elle à un rendez-vous galant ? Ou bien se dépêchait-elle pour arriver en avance à son concert, pour être certaine d'obtenir une bonne place ? La poitrine de Florian se gonfla de plaisir. Un vague sourire flottait sur ses lèvres enfantines. Une autre voiture attira son attention : au moment où le feu allait passer au rouge, elle avait accéléré et Florian put apercevoir brièvement le conducteur : un homme d'une quarantaine d'années, vêtu d'un simple marcel, l'air très contrarié. Il tourna la tête vers le jeune homme qui croisa furtivement son regard : il y vit un abîme de rage. Troublé, il s'ébroua et s'engagea sur le passage protégé, désormais libre d'accès. Mais au moment où il se trouvait au milieu de la rue, il entendit un hurlement de pneus. La voiture venait de faire demi-tour et fonçait droit sur lui.

*
* *

Les applaudissements résonnaient encore dans sa tête. Hormis cet épisode fâcheux dans la rue, la soirée avait été magnifique : son public était comme d'habitude au rendez-vous, et il avait reçu, comme d'habitude, un nombre incalculable d'éloges et de cadeaux de la part de femmes de tous âges, les yeux brillants d'excitation. Il n'avait évidemment pas fait une seule fausse note ; ses doigts avaient couru avec légèreté sur les touches d'ivoire, délivrant les mélodies aériennes qui s'étaient envolées vers le dais de velours noir tandis que sa voix pure les accompagnait, semblant leur indiquer la voie. Il s'étonnait même de n'avoir pas été plus fébrile après l'incident.

Tout, finalement, s'était passé comme d'habitude. Sauf qu'il se fit raccompagner par le directeur du centre culturel dans son coupé sport.

« Vous êtes ma poule aux œufs d'or, Florian ! s'exclama l'homme en mettant le contact et partant d'un rire gras. Je ne voudrais pas qu'il vous arrive malheur !

— Merci, monsieur. J'avoue que je n'étais pas très rassuré à l'idée de rentrer à pieds… Votre voiture est très confortable !

— Vous verrez, mon jeune ami. Lorsque vous serez devenu vraiment célèbre – un peu grâce à moi d'ailleurs ! – vous pourrez, vous aussi, vous offrir un tel bijou. »

Le temps d'échanger ces banalités, et Florian était arrivé devant chez lui.

Il ne tarda guère à se mettre au lit. Il se sentait éreinté.

« J'espère que je ne couve rien », songea-t-il.

Bien qu'il soit épuisé, il mit cependant du temps avant de s'endormir. Ses doigts étaient endoloris.

C'est relativement inquiet qu'il finit par trouver le sommeil.

Il devait dormir depuis quelques heures lorsqu'un singulier cauchemar troubla son sommeil. Il entendait des bribes de conversation, dans un monde lointain, ouaté.

anti-douleurs…

choc…

aucune information.

Il se réveilla en sursaut. Il était trempé de sueur, son cœur battait à un rythme endiablé dans sa poitrine. Son rêve déjà s'effilochait. Il voulut se lever pour aller boire un verre d'eau, et manqua de tomber. Ses jambes, durant un instant, avaient perdu toute consistance, et avaient été incapables de le soutenir. Il s'affala sur son lit, déboussolé. Lorsqu'il tenta de se redresser, il y parvint sans problème.

« Quel drôle de malaise ! pensa-t-il. Si ça continue demain, tant pis, je consulte, quitte à passer pour un idiot. »

Le lendemain matin, tous ses symptômes avaient disparu. Rassuré, il alla jouer le soir-même dans la ville voisine. Cependant, à son retour chez lui, lorsque le sommeil l'emporta, il replongea presque aussitôt dans ce troublant cauchemar qui l'avait assailli la nuit précédente.

Rythme cardiaque normal.
Activité cérébrale normale aussi… aucune raison.
…attendre.

Encore une fois, il se réveilla brusquement, inondé de sueur. Il tenta à nouveau de se lever, mais ne parvint même pas, cette fois-ci, à bouger les jambes. Ses doigts quant à eux étaient envahis d'un léger fourmillement. Terrorisé, il reposa sa tête sur l'oreiller, essayant vainement de se rassurer.

« J'irai voir le médecin demain… Ce doit être le surmenage. »

Le lendemain, lorsqu'il se leva, il se sentit à nouveau en pleine forme. Il n'eut pas le loisir de repenser à cet épisode effrayant : un coup de téléphone matinal l'envoyait participer à une interview dans la station de radio locale. Ravi, il vola à ce rendez-vous qui l'approchait un peu plus de la gloire.

Cela faisait une dizaine de minutes qu'il conduisait. Le cœur léger, il ne cessait d'imaginer le déroulement de cette interview : le journaliste qui lui poserait des questions, béat d'admiration devant son génie ; les fans qui se bousculeraient au téléphone pour lui exprimer tout leur amour et essaieraient de savoir s'il était célibataire... Parce que leur fille, voyez-vous, était tout ce qu'il y a de plus respectable, et...

Alors qu'il se laissait emporter par ces doux rêves, Florian se rendit compte que sa voiture prenait sensiblement de la vitesse. Il voulut ralentir ; il lui fut impossible de retirer son pied de l'accélérateur. Toute la partie inférieure de son corps était ankylosée. Pris de panique, il serra le frein à main. La voiture fit un tête-à-queue, fonça vers le trottoir et alla se fracasser contre le mur d'une maison. Florian fut projeté vers l'avant et sa tête heurta violemment le volant.

Sous le choc, le jeune homme perdit connaissance. Immédiatement, les voix recommencèrent à résonner dans sa tête.

pic dans l'électrocardiogramme...

... garde à vue... a tout avoué.

Florian émergea rapidement de son inconscience. Des badauds s'attroupaient déjà autour de sa voiture.

« Ne vous inquiétez pas ! s'exclama une petite femme replète à travers la vitre. Les pompiers sont en route. N'essayez pas de bouger... On n'a pas réussi à ouvrir la portière, le verrouillage centralisé doit être actionné ! »

Sans trop l'écouter, il redressa précautionneusement la tête. Aussitôt, une douleur fulgurante lui traversa le crâne de part en part. Il reposa la tête contre le dossier, prit le temps d'inspirer deux ou trois fois puis, avec anxiété, tenta de remuer ses jambes : elles avaient retrouvé toute leur mobilité. Soulagé, il s'apprêtait à ouvrir la portière lorsqu'un nouvel éclair de douleur lui vrilla les tempes. Nauséeux, il lâcha la poignée et s'affaissa doucement contre la porte. La fraîcheur de la vitre contre son visage en sang lui faisait du bien. Respirant par à-coups, luttant contre la nausée, il constata avec horreur qu'il commençait à sombrer de nouveau dans l'inconscience : dans ses oreilles bourdonnantes résonnait un bruit lointain et désagréablement aigu, comme la tonalité d'un téléphone, et sa vue commençait à se brouiller. La dernière image qu'il emporta fut celle de quelques curieux qui filmaient la scène avec leur téléphone.

Puis tout disparut.

*
* *

« Monsieur Campioni ! Vous m'entendez ? Ouvrez les yeux. »

Une lumière crue agressa les pupilles du jeune homme. Lorsque les taches noires s'estompèrent, il distingua vaguement une blouse blanche penchée sur lui.

« Bienvenue parmi nous, Florian ! Ah, on peut dire que vous nous avez fait une belle frayeur. Une semaine que vous êtes dans cet état ! Mais bon, vous voilà enfin sorti du coma. »

Une semaine ? Pour une simple commotion ? Complètement désorienté, Florian bredouilla quelques paroles inintelligibles et se mit à tousser.

« Attendez, vous ne pouvez pas parler. On vous a posé une sonde. On va vous la retirer d'ici quelques instants. »

Le pianiste regardait tout autour de lui, sentant

la panique monter par vagues. Le choc avait donc été si violent ? Il n'en avait pourtant pas eu l'impression… Hormis le mal de crâne et une vague douleur à la poitrine, il se sentait plutôt bien. D'ailleurs, pour tout dire, il ne ressentait rien. Fatigué, il ferma les yeux et commençait à se laisser aller au sommeil lorsque son esprit prit conscience d'un bruit omniprésent dans la salle de réa : celui, agaçant, de l'électrocardiogramme qui vrillait ses tympans... Ce bruit ! Le même que celui qu'il avait entendu dans sa voiture après l'accident ! Quelle étrange sensation de déjà-vu…

Totalement réveillé à présent, il tenta de se redresser. N'y parvint pas. Il se revit alors dans son lit, chez lui, ou dans la voiture, quand ses jambes lui étaient devenues étrangères. Il essaya de lever sa main gauche devant ses yeux mais ce fut également un échec.

Incapable d'assembler tous ces éléments pour leur donner une quelconque cohérence, il interrogea du regard le médecin. Celui-ci, gêné, toussota avant de prendre la parole, comme pour gagner du temps :

« On a retrouvé le type qui vous a renversé. Jalousie conjugale, apparemment. Mais il ne vous connaissait pas personnellement... Sa déposition est très confuse. »

Renversé ? Comment ça, renversé ? Qu'est-ce que c'était que ce médecin qui confondait les patients ?

« On sait juste qu'il a fait exprès de vous percuter avec la voiture, la semaine dernière... Je ne sais pas ce qu'il voulait. Vous tuer, vous empêcher de jouer... On en saura plus au procès. »

Brusquement, tout lui revint en mémoire. Il se rendait à son concert... Les phares devant lui, qui l'avaient ébloui... Mais pourtant, il avait joué, ce soir-là ! Le directeur l'avait raccompagné ! Il se souvint alors des rêves étranges qui avaient peuplé ses nuits.

« En ce qui concerne votre état de santé... On a réduit les fractures. Votre pronostic vital n'est plus engagé. Cependant... »

Le cœur de Florian se mit à battre à tout rompre dans sa poitrine douloureuse.

« Cependant, poursuivit le médecin, on n'a rien pu faire pour votre colonne vertébrale... La moelle épinière a été touchée. Je suis sincèrement désolé. Il... il vous reste toujours votre voix... »

La lumière soudain se fit dans l'esprit du pianiste horrifié. Une lumière violente, assassine, insoutenable.

Que suis-je ?...

« La souffrance, si curieux
que cela puisse te paraître,
est la seule preuve de notre existence,
parce que ce n'est que par elle
que nous prenons conscience d'exister,
et le souvenir de la souffrance passée
nous est nécessaire en tant que justification,
en tant que témoignage
de la permanence de notre identité. »
Oscar Wilde

Quand vient la nuit, j'ai un peu peur. Mon copain Tobby est près de moi, je le sais, mais j'ai quand même un peu peur.

Ses petits grognements me rassurent ; quand il rêve, il gronde et jappe, comme lorsqu'il était encore un chiot. Je sais qu'il est là et qu'il me protège. D'aussi loin que je me souvienne, Tobby a toujours été là. Il me léchait le visage quand je pleurais, et il m'a appris à pousser mes plus beaux aboiements.

Pourtant, je sais que je ne suis pas comme Tobby. Un jour, la lumière passait à travers la porte entrouverte et il faisait beaucoup plus clair que d'habitude. J'ai vu que mes pattes n'étaient pas comme les siennes. Les miennes sont plus longues, plus claires et sans poils. Parfois, je pousse aussi des cris qui ne ressemblent pas aux siens, et j'arrive à articuler des sons comme la maîtresse. Je comprends quelques uns de ces sons : il y en a un, *manger*, que j'aime beaucoup. Je sais, quand elle le prononce, que bientôt je n'aurai plus faim. Un jour, j'ai presque réussi à le dire comme elle. Pourtant, elle n'a pas eu l'air contente. Au contraire, elle a semblé avoir peur, et tout de suite après elle m'a donné un coup de pied dans les côtes. Là, j'ai jappé comme Tobby.

Je n'ose plus passer le seuil de la porte. Une fois, je l'ai fait, quand j'étais plus petit. Je percevais des sons très mélodieux et rythmés, et des voix inconnues. Je me suis approché doucement, doucement, et suis arrivé dans une grande pièce sombre.

Les sons provenaient d'un objet mystérieux, une espèce de grand cadre noir et plat. Et dans ce cadre, il y avait des animaux comme ma maîtresse qui parlaient. Je ne comprenais pas ce qu'ils disaient, par contre, à côté d'eux, il y avait un autre animal absolument fabuleux. Il était multicolore et perché sur un bâton. Il ne ressemblait pas du tout à la maîtresse, et pourtant, il parlait comme elle ! Sa voix était un peu plus discordante, comme la mienne… Je sais cependant que je ne suis pas non plus comme cette drôle de bête. Je n'ai pas de plumes de toutes les couleurs.

Je n'ai pas pu l'observer plus longtemps. Elle

est arrivée d'un coup derrière moi et m'a flanqué la raclée de ma vie. À un moment, elle a été très proche de mon visage. Ses longs cheveux blonds ont caressé ma joue et j'ai pu m'accrocher furtivement à ses grands yeux verts, dévorés par la haine. Après, je ne me souviens de rien. Je me suis réveillé près de Tobby qui, fidèle à son poste, léchait mes plaies.

Pourtant, aujourd'hui, j'ai décidé de sortir à nouveau. Je sais qu'elle est partie, j'ai entendu claquer la porte, au loin, et tout de suite après il y a eu un bruit métallique. Quand j'entends ce bruit, cela veut dire qu'elle ne va pas revenir tout de suite.

Je passe le bout du nez et j'attends ; rien. Il règne une clarté éblouissante. J'évolue lentement, le visage contre le parquet, et parviens dans une pièce inconnue. Là, tout au bout, contre le mur, je vois un être étrange qui me regarde, à quatre pattes sur le sol. Il paraît irréel, lumineux : c'est comme s'il appartenait à un autre monde. Il se tient dans l'encadrement d'une grande fenêtre brillante. Apeuré, je m'avance doucement vers lui ; alors, au même moment, il s'approche de moi !

Je parcours quelques mètres, et il fait de même, sans me lâcher du regard. Soudain je pousse un cri : je viens de me cogner la tête contre lui ;

c'est froid, lisse et dur. L'étrange animal ouvre la bouche en même temps que moi et pousse un cri silencieux. Sous ses mèches blondes et sales, ses grands yeux verts me regardent, perplexes, au fond de son visage crasseux.

Le Secret des tableaux

« La peinture n'est autre chose
que l'imitation des actions humaines,
de celles qui sont naturellement inimitables. »
Nicolas Poussin

Dans l'obscurité de la nuit, un long hurlement s'éleva dans les murs de la clinique. Les membres tremblants, emprisonnés dans les draps tire-bouchonnés, elle était dressée sur son séant, hagarde, affolée. Le cri s'était mué en hoquets convulsifs. L'infirmière de nuit, une femme dans la force de l'âge aux bras robustes, accourut, suivie de près par une jeune stagiaire. Tandis que l'infirmière entrait dans la chambre à l'air confiné, faiblement éclairée par le halo lunaire, la stagiaire tendit le bras vers l'interrupteur.

« N'allume pas ! chuchota l'infirmière. La lumière lui fait peur. Attends, et regarde. »

Elle aida doucement la vieille femme à se dégager des couvertures.

« Tout va bien, Lucie, tout va bien. »

La douceur de sa voix ne semblait pourtant pas calmer la vieille femme, qui sauta hors du lit avec une prestance étonnante pour ses soixante-dix ans. Ses yeux hallucinés fixaient une toile vierge mais ne semblaient pas la voir. Elle saisit alors un pinceau et deux tubes de gouache dans une boîte de peinture pour enfants, ouvrit les tubes avec fébrilité et y plongea le pinceau.

Commença alors un spectacle que la stagiaire contempla avec fascination.

Lucie lacérait la toile de grands coups précis. La pénombre ne permettait pas de distinguer nettement les couleurs, mais qu'importe. Ses yeux noyés trahissaient un profond émoi – détresse ? panique ? ou simple bouleversement intrinsèque à la création ? Des larmes coulaient le long de ses joues creuses. En seulement quelques minutes, le tableau était fini. Lucie, d'un air égaré, posa alors ses instruments sur la table de chevet et se recoucha, sa chemise de nuit souillée de traces de peinture encore humides. Un instant plus tard, elle dormait.

Totalement subjuguée par ce spectacle incompréhensible, la jeune femme se ressaisit et, à pas feutrés, s'avança vers le chevalet afin d'observer la toile. Elle attrapa la lampe stylo qui ne quittait pas le fond de sa poche – examiner les yeux des patients s'avérait souvent nécessaire – et la pointa vers le travail de la vieille femme. Des rouges explosifs, des verts saillants et purs encore luisants.

Une rose rouge éclose à la limite du naturel, comme hypertrophiée, trônant au centre du tableau, perdue dans une végétation très dense. Aucune partie de la toile n'avait été préservée. La jeune femme remarqua alors, derrière le chevalet, une pile de toiles peintes. Elle les disposa sur le sol et se pencha pour les examiner. La première représentait une unique rose, tout aussi écarlate et éclatée que celle qui venait d'être peinte. Le reste de la toile était vierge de toute peinture ; le rouge de la fleur n'en paraissait que plus agressif. Elle retourna la toile, et aperçut une inscription à l'encre passée. En approchant son visage de la toile, elle déchiffra une date.

« 1962… Lucie a apporté les peintures qu'elle réalisait dans sa jeunesse ?

— Elle ne les a pas apportées… Elle les a faites ici. Lucie vit à la clinique depuis ses seize ans.

— Seize ans ? Mais comment se fait-il qu'elle y ait passé sa vie ? demanda, abasourdie, la stagiaire.

— Son histoire est assez étrange. Elle est entrée ici en 1962 pour une banale fracture du tibia. Son caractère dynamique et impétueux a laissé croire aux médecins de l'époque qu'il valait mieux l'hospitaliser le temps de sa guérison, afin de l'empêcher d'utiliser sa jambe. D'après les dires du personnel hospitalier, c'était une jeune personne gaie, bavarde, qui mettait du baume au cœur aux autres patients. Et puis un jour, soudainement, sans que personne ne comprenne pourquoi, son état de santé a commencé à décliner. Elle s'est rapidement enfoncée dans un mutisme qui a fini par l'engloutir entièrement. Elle a été transférée dans le service de psychiatrie de la clinique. C'est à cette période qu'elle a fait ses premières toiles. Elle s'est rendue, pour la première, dans l'atelier au rez-de-chaussée, peut-être l'as-tu déjà vu ; nous le mettons à la disposition des patients pour qu'ils communiquent et expriment leurs émotions autrement. À cette période, elle n'était pas encore prostrée comme tu peux la voir aujourd'hui. Puis, au fur et à mesure, elle est entrée dans un état de neurasthénie sévère. Elle restait enfermée dans son monde. Certaines nuits, elle se levait comme une somnambule, après avoir eu un de ces cauchemars qui la jettent dans une terreur folle, et se rendait dans l'atelier pour peindre. Elle réveillait à chaque fois tout l'étage ; aussi le personnel a-t-il décidé qu'il valait mieux pour tout le monde qu'on lui installe un chevalet et du matériel de peinture dans sa chambre.

— Et personne ne sait pourquoi elle s'est éteinte ? s'étonna la jeune femme.

— Personne. Tout le monde aimait cette petite ! Ça a été un véritable échec pour tout le personnel soignant de ne pas pouvoir la sauver de ce mal qui semblait la ronger de l'intérieur. Te souviens-tu du professeur Scuro ?

— Le professeur Scuro… Ah oui ! C'est celui dont vous avez fêté le départ en retraite deux jours après mon arrivée, non ?

— Oui. Il avait vingt-deux ans lorsqu'il est arrivé dans la clinique. Il était jeune interne en orthotraumato et elle a été sa première patiente. Le plus gros du travail avait déjà été fait par un médecin certifié, ajouta l'infirmière en riant. Du reste, elle allait bientôt quitter l'établissement. Le professeur Scuro l'aimait beaucoup… Il a été l'un des plus touchés par sa brusque léthargie. Il est allé la voir chaque jour, mais cela n'a rien changé.

— Mais comment se fait-il qu'elle soit restée si longtemps à la clinique ? Pourquoi sa famille ne l'a pas envoyée dans une structure spécialisée ? Rester toute sa vie ici, c'est étrange… La clinique n'est pas conçue pour qu'on y vive des années !

— Ses parents étaient totalement déboussolés… Au début ils n'ont pas su quoi faire. La laisser là en attendant qu'elle aille mieux ? L'envoyer dans un centre spécialisé ? À cette époque, les centres psychiatriques n'étaient pas ceux que tu connais… On y pratiquait la lobotomie, les électrochocs… dans certains pays, la stérilisation contrainte…

Tout cela effrayait sa famille ! Et on la comprend. Son père était très riche, ils ont vu que Lucie était entre de bonnes mains, et les visites régulières de Scuro les rassuraient. Ils ont payé. Tous les ans, son père déboursait des milliers de francs pour permettre à sa fille de demeurer chez nous. Elle a été installée le mieux possible… À la mort de ses parents, la clinique a reçu une part d'héritage pour qu'on puisse la laisser ici. Tu connais la suite : le silence, la peinture. Elle en a accumulé, des toiles, au cours des années ! On les stocke dans des cartons dans un débarras, mais on lui laisse toujours quelques anciens tableaux. Un tous les deux ans à peu près, sinon sa chambre serait engloutie ! Et puis ces toiles… Le même élément revient toujours – la rose – mais la verdure alentour épaissit à chaque nouvelle peinture. On ne parvient pas à en comprendre la signification. Si on regarde les toiles les unes après les autres, la différence est imperceptible, mais en faisant des sauts de deux ans on la voit plus nettement.

— Sur celle-ci, remarqua la jeune femme, la végétation a englouti tout le tableau. C'est étrange, cette progression… à ton avis, que pourra-t-il y avoir de nouveau sur la prochaine toile ? Il n'y a plus une trace de blanc !

— C'est bien ceci qui m'inquiète. La série

semble être arrivée à son terme... J'espère que je me trompe, mais j'ai le sentiment que ça ne présage rien de bon ! »

La stagiaire avait continué d'explorer les différentes toiles ; effectivement, une nette progression était visible entre elles. Autour de la rose toujours identique s'étoffait une végétation de plus en plus dense à chaque tableau, et semblait cerner petit à petit la fleur écarlate. La jeune femme ressentit un étrange malaise à contempler ces toiles. Le mystère qui les entourait, le malheur qui très certainement s'y cachait, et la vieille femme gisant derrière elle, telle une poupée de cire... Elle se releva en frissonnant et les deux femmes quittèrent la chambre.

*
* *

La vitre ouverte de la voiture laissait le vent effleurer le visage du professeur Scuro. L'air musqué typique du crépuscule pénétrait ses sens ; ce moment de la journée était pour lui le meilleur, avec cette lumière céleste qui semblait baigner le monde, juste avant que les ombres nocturnes ne prissent l'avantage. La voiture filait dans la campagne paisible, le soleil couchant déversait une lumière de feu sur les champs et les arbres, sous le pépiement des oiseaux. Une vision idyllique pour un homme pleinement heureux. Cette visite chez son vieil ami d'enfance avait revigoré le professeur, qui se félicitait une fois de plus d'avoir enfin pris sa retraite.

« La vraie vie se trouve ici, pensait-il. Une soirée sous la tonnelle à n'avoir à se préoccuper de rien, sinon que nos verres et l'assiette de gâteaux restent toujours remplis ! »

Tandis qu'il formulait ces plaisantes pensées, le vent se mit à souffler plus fort. Des feuilles s'engouffrèrent dans la voiture, le ciel commença à s'assombrir, le soleil mourant semblait avoir disparu en un claquement de doigts. Les platanes qui bordaient la route étaient à présent secoués par un géant invisible ; seul le mugissement du vent se faisait désormais entendre. Scuro se hâta de remonter sa vitre, vaguement inquiet. Pourquoi le temps ne pouvait-il pas se maintenir, bon Dieu ? Pourquoi cet état d'extase ne pouvait-il durer plus longtemps ? Avant que sa vitre se fermât totalement, une petite chose sombre passa devant le visage du professeur, et alla se poser sur ses genoux. Il baissa les yeux et aperçut un pétale de rose rouge. S'étonnant vaguement de sa présence alors que sa voiture traversait des champs de blé, il le balaya distraitement d'un revers de la main et reporta son regard sur la route. Le changement qui s'était produit durant cette seconde d'inattention était fulgurant. Le ciel était maintenant menaçant, plombé ; des lueurs verdâtres et rougeâtres le zébraient par instants, comme si une tempête d'une incroyable violence se préparait. Au loin, une masse informe et indistincte se dessinait.

Cependant l'automobile filait, poussée par le vent qui se déchaînait, vers ce magma incertain. En peu de temps elle se trouva à sa lisière, et le professeur ne vit plus rien. Il se trouvait au cœur d'une espèce de purée de pois. Affolé, il alluma en hâte ses phares et tenta de ralentir le véhicule qui continuait sa course folle, mué par une force extérieure. Peu à peu sa vision s'accommoda, et il distingua au milieu du brouillard une jungle touffue, hostile, qui ne laissait passer aucune lumière.

Qu'est-ce que c'était encore que cela ? Jamais il n'y avait eu de forêt à cet endroit-là ! Avait-il bu le verre de trop chez son vieil ami ? Était-ce encore une de ces migraines, de celles qui le plongeaient si souvent dans un flou effrayant ? Il adopta définitivement cette hypothèse lorsqu'une sorte de kaléidoscope se forma devant ses yeux fatigués. Des explosions de rouge apparaissaient dans cette jungle pour disparaître aussitôt, puis réapparaître quelques mètres plus loin dans une danse infinie.

Le professeur tentait de calmer ses nerfs en laissant son regard errer, abandonné, dans ces myriades agressives de couleurs. Peut-être la migraine passerait-elle ? Au moment où il était enfin parvenu à s'apaiser, une pluie de pétales écarlates s'écrasa contre son pare-brise, ne lui laissant aucune chance de voir au-delà. Horrifié, il actionna ses essuie-glaces, mais les pétales restaient pour la plupart collés à la vitre. Ceux qu'il parvenait à évacuer étaient aussitôt remplacés par une nouvelle vague, toujours plus abondante. Il appuya sur la pédale de frein mais la voiture continuait de rouler à vive allure, comme si elle était animée d'une vie propre ; il finit par en perdre le contrôle.

Juste avant que le véhicule ne se fracassât contre un obstacle qu'il n'aurait pu éviter, les pétales de rose libérèrent d'un seul coup le pare-brise, comme soufflés par une tempête titanesque, et Scuro aperçut, au loin, parfaitement visible au milieu d'explosions hallucinatoires, illuminée dans la lueur claire des phares, une fine silhouette fantomatique vêtue d'une légère robe blanche ourlée d'un liseré bleu. Flottant dans les airs, irréelle, semblant de pas souffrir de l'ouragan qui se déchaînait, elle le fixait, placide, froide comme la mort, cette nymphe au visage de marbre. Les yeux du professeur s'écarquillèrent sous le coup d'un effroi glaçant, son visage se figea en un masque où se lisait la terreur d'une soudaine compréhension. Ses souvenirs affluèrent à son esprit, il se souvint de cette fraîche jeune fille et de la pulsion à laquelle, jadis, il n'avait pu résister ; il se souvint de ses visites répétées et de la honte qui, au fil des *séances*, l'avait quitté ; il se souvint de ce sentiment de puissance ressenti à chaque nouvelle caresse, à chaque nouvel assaut ; il se souvint de la lassitude et de l'indifférence finalement éprouvés quand elle avait fini par ne plus réagir du tout ; puis le choc le projeta contre le volant, il sentit le poids mort de la carcasse métallique sur son corps, et tout fut anéanti.

Au petit matin, la police viendrait constater l'accident. Les conclusions seraient rapidement établies : le professeur Scuro avait dû un peu trop fêter sa nouvelle vie de jeune retraité. Sinon, comment était-il possible que la voiture ait pu dévier à ce point alors que la route était rectiligne ? Au vu de l'état de destruction dans lequel elle se trouvait, les policiers concluraient qu'elle avait été lancée à pleine vitesse. Cependant, nulle trace de freinage n'apparaîtrait sur la chaussée, comme si le vieil homme s'était volontairement dirigé vers le platane.

« S'il s'est endormi au volant, il fallait vraiment qu'il ait un sacré coup dans le nez, pour ne pas se réveiller au moment de l'embardée ! » commenterait le commissaire. Puis on disserterait sur les dangers de l'alcool au volant, avant de se dire qu'un croissant et un bon café seraient les bienvenus, parce qu'on n'aurait pas encore eu le temps de prendre un petit-déjeuner.

Le corps serait emmené, le véhicule broyé envoyé à la casse. Hormis le platane mis à nu par le choc, rien ne pourrait désormais attester qu'à cet endroit, un événement tragique s'était produit. À l'horizon, le soleil commencerait à baigner les champs d'une lumière dorée ; les oiseaux pépieraient joyeusement dans les arbres.

*
* *

Minuit sonnait lorsque Lucie se dressa dans son lit. Cette fois-ci, aucun hurlement n'était né de ses poumons. Ses yeux grands ouverts dans le noir brillaient, telles deux lucioles. Doucement, elle posa ses pieds sur le tapis et se leva. Elle ouvrit l'armoire, s'agenouilla dans un craquement ; sa main tâtonna quelques instants sur l'étagère la plus basse avant de saisir l'antique valisette en carton qu'elle avait apportée le jour de son arrivée à la clinique. La vieille femme se releva difficilement, posa la mallette sur le lit et l'ouvrit.

À l'intérieur se trouvaient une photo fanée, une paire de bas, un tube de rouge à lèvres à la fraise, quelques romans à l'eau de rose et une étoffe pâle aux couleurs passées, soigneusement pliée. Lucie s'en saisit ; une robe blanche et aérienne ourlée d'un liseré bleu se déploya alors avec légèreté. Lentement, elle se débarrassa de sa chemise de nuit qu'elle laissa tomber mollement au pied du lit, et enfila avec des gestes délicats le fragile vêtement. La robe était devenue trop ample ; elle flottait autour du corps frêle et fatigué de la vieille femme.

Lucie se dirigea à pas lents vers son chevalet, saisit le pinceau et les tubes vert et rouge, et peignit sur une toile vierge un petit bouton de rose. Lorsqu'elle eut fini, elle retourna vers son lit, s'allongea avec précaution sur les couvertures et ferma les yeux.

À sept heures le lendemain, tandis que quelque part sur une route de campagne s'affairaient des policiers, l'infirmière la découvrit ainsi, les yeux clos, le visage paisible comme il ne l'avait plus été depuis cinquante-quatre ans. Elle se précipita à son chevet, avança doucement ses doigts vers la gorge gracile et chercha le pouls ; l'âme de Lucie s'était envolée. Émue, l'infirmière contempla avec tendresse ce visage enfin serein, lui qui avait été si longtemps ravagé par des tourmentes inconnues que personne, désormais, ne comprendrait jamais.

Mais la jeune nymphe à la robe légère, elle, savait. La faute avait été châtiée.

Renaissance

« À côté de son cher corps endormi,
Que d'heures des nuits j'ai veillé. »
Arthur Rimbaud

Un éclair zébrant l'obscurité, un craquement sonore, et ça commença.

Les gouttes fines et tièdes tombaient, l'une après l'autre, toujours plus rapprochées, et s'écrasaient mollement sur la roche dure et brûlante.

Les corps alors se mirent en mouvement. Depuis quelques heures, immobiles et nus, ils étaient là, en cercle, coquilles protégeant les esprits en plein recueillement. Les pieds s'étaient solidement ancrés dans le sol, devenus pour un temps de véritables racines. La communion avec la terre nourricière avait commencé à s'opérer.

La pluie se fit plus dense ; la lente danse plus ordonnée. Un nouveau craquement se fit entendre, qui résonna comme un appel. À partir de cet instant, tout s'accéléra. Les mains se joignirent pour former une vaste ronde humaine, les visages renversés offrant leur peau dorée au ciel, comme une offrande.

Ces êtres nubiles se trouvaient tous à la frêle frontière entre l'adolescence et l'âge adulte. Cet ultime rite initiatique marquerait leur entrée dans un nouveau monde.

La danse devenait plus effrénée. Les mains avaient fini par se lâcher et chaque corps ne se consacrait plus qu'à lui-même. L'exorcisation des derniers démons de l'enfance demandait une parfaite concentration, et les hurlements gutturaux qui s'échappaient parfois des frêles gorges libéraient à chaque fois un peu plus l'âme de ces êtres en devenir.

La pluie à présent formait un rideau dru, s'abattant avec fracas sur le plateau rocheux. Les corps ruisselants semblaient communier entièrement avec l'eau céleste, lui appartenir pleinement, oscillant de temps à autre sous les rafales violentes et déchaînées.

Les trombes d'eau se muèrent finalement en une pluie fine. La danse alors put s'achever et laisser place à la seconde étape de la cérémonie.

Épuisés par cette transe qui avait exigé la participation de chaque muscle, ils se dirigèrent lentement vers le lac, le buste s'arquant de temps à autre pour recueillir, bras tendus, les derniers ruissellements des cieux et les assauts du vent. Dans cette communion avec la terre et le ciel, c'est leur nature guerrière qu'ils avaient dévoilée. Les muscles tendus par l'effort étaient désormais prêts pour les armes.

Ils devaient à présent offrir leur corps au troisième élément. Ils s'enfoncèrent progressive-ment dans les eaux noires et placides, jusqu'à ce qu'elles se refermassent sur eux.

Le froid assaillit brutalement les membres roidis par l'effort, qui finirent par se détendre et flotter, inertes, au cœur de la sombre apesanteur du lac. Un nouveau ballet commença alors. Les yeux s'ouvrirent pour se faire plus vifs, tentant de percer l'obscurité ; les jambes et les bras sortirent de leur torpeur et propulsèrent lentement les corps pâles les uns vers les autres. De nouveau l'union se fit, mais les mains désormais se montraient avides, retrouvant la mémoire des jeux interdits qui se déroulaient la veille encore dans le secret des taillis.

Le monde s'était inversé. Lorsque les pieds, par quelques battements mesurés, autorisaient les poumons à recueillir l'air précieux, l'univers d'en haut n'était plus perçu par ces yeux qui lui étaient devenus aveugles. La vraie vie, durant ces quelques instants, ne s'offrait plus qu'en bas, sous la surface tranquille de l'eau.

Là recommençait une danse frénétique. Les corps se touchaient, les lèvres s'effleuraient, les langues se faisaient curieuses, les mains impatientes. Les jeunes corps se cherchaient, se repoussaient, en quête de celui qui deviendrait sa moitié dans le monde d'en haut. Les années passées en communauté avaient déjà tissé certains liens affectifs que ce rite ne faisait souvent que resserrer et confirmer.

Étrange harmonie avec les longs mois de gestation que cet entrelacs de membres vigoureux et impétueux flottant, libres de toute contrainte terrestre...

Les minutes s'écoulaient, chacune contenant un univers de promesses, et peu à peu des couples se formèrent. L'alliance charnelle avait, dans de nombreux cas, doublé l'alliance amoureuse, et seules quelques unions imprévues seraient une surprise pour la tribu.

Chaque couple enlacé remontait à présent à la surface, serein, paisible, confiant en cet avenir proche qui serait l'ultime étape à cette communion de tous les sens.

Tandis que les jeunes êtres cherchaient leur moitié sous les eaux noires du lac, on avait allumé un grand brasier non loin de la rive. La sortie de l'enfance ne serait complète que lorsque les jeunes gens auraient accompli la dernière union à la puissante nature : l'accouplement avec le feu. Ce paradoxe tangible devait être dompté. Comme pour en appréhender la dangerosité, les danses reprirent, chaque couple virevoltant avec légèreté autour des flammes au son de battements lointains, se rapprochant toujours plus du péril. Les jeunes hommes ensuite firent tournoyer leur cavalière, dont les pieds ne touchaient plus terre mais étaient caressés par les langues de feu. Puis, délaissant leur promise pour quelques instants, ils s'élancèrent en un bond magnifique au-dessus du foyer ardent, vainquant ainsi les flammes.

La bataille contre le feu prit fin lorsque les coups sourds au loin se turent ; les jeunes couples s'égayèrent aux alentours du brasier, restant suffisamment proches de lui pour bénéficier enfin de sa chaleur réconfortante.

Une danse autrement plus intime alors commença. Les corps nus luisaient à la lueur des flammes ; les dernières gouttes d'eau s'accrochaient encore dans les mèches d'ébène des amants enlacés. Les gestes se faisaient doux à présent ; plus aucune urgence ne les précipitait. Les mains caressaient en tremblant la peau frissonnante, les lèvres s'unissaient en un baiser subtil, timide, qui à chaque caresse devenait plus fougueux et plus profond.

Les doigts tendres, les bouches entrouvertes découvraient avec fébrilité chaque partie de ce corps tant attendu.

Les lames du désir aiguisaient les sens des jeunes amants ; l'une d'entre elles, plus ardente, fit se cambrer les jeunes femmes et provoqua l'union charnelle des deux âmes.

Un jour pâle se levait à l'horizon, éclairant de sa lueur blafarde les corps endormis auprès des braises mourantes. La nouvelle génération était née cette nuit-là, respectueuse de la terre qui l'avait portée, du feu nourricier et de l'eau par qui cette tribu subsistait.

Et c'est dans mes yeux qu'ils lisaient…

Gwénaëlle DAOULAS

« Comme le cœur humain
le champ de la poésie est infini
et les poètes sont libres
dans le choix de leurs sujets
comme dans celui de leurs amours.
Le point est que l'inspiration soit franche,
que l'artiste ait une âme,
que dans l'œuvre il y ait un homme. »
Henri-Frédéric Amiel

Gwénaëlle DAOULAS

Leucosélophobie. C'est le nom de ma maladie, a dit le psy. Je ne sais même pas pourquoi je suis allé le voir... Finalement, je la connaissais déjà. Pas sous ce nom-là, certes... Mais tout de même. Il aurait fallu être idiot pour ne pas s'en rendre compte !

Bien sûr, ce n'est pas mortel. Ce n'est pas un de ces fichus cancers qui vous rongent. Mais si, moi, ça me ronge ? Si je continue à fixer cet écran sans que rien ne se produise, ne vais-je pas finir par en mourir ? En mourir de honte ?

*
* *

« Salut Papa ! »

Cécile et Florian me sautent dessus, me couvrent de baisers rapides et d'étreintes exaltées. Leurs petites mains empoignent vite le sachet de viennoiseries que je tiens dans la main.

« Chouette, des pains au chocolat ! Merci

P'pa ! » entonnent-ils en chœur.

Leur énergie me fera toujours rire. La bouche pleine, c'est à celui qui me racontera le premier sa journée. Évidemment, je ne comprends pas la moitié de leurs paroles, mais peu importe. Vu leur mine réjouie, il semble que, comme d'habitude, leur journée d'école se soit bien déroulée, et les voir sautiller sur le chemin du retour me met du baume au cœur.

« Bonjour, monsieur Leroy ! Bonjour, les jumeaux ! »

La mère de Louis, un ami de mes enfants, arrive derrière moi, haletante, traînant son fils par la main. On ne peut pas dire que cette rencontre soit due au hasard. À voir sa face rougeaude, elle a dû courir sur les trois cent mètres qui nous séparent de l'école.

« Bonjour, madame. Comment allez-vous ? Vous avez l'air d'avoir un peu chaud… »

Bon, d'accord, j'aurais pu m'abstenir. La voici écarlate à présent… Mais je n'ai pas pu me retenir, c'était trop tentant. Elle bafouille :

« Oh, non, je… ça va, merci. » Et elle s'arrête là, l'air un peu perdue et dépitée. Peut-être vais-je pouvoir continuer mon chemin ? Je la connais suffisamment pour deviner ses intentions. À chaque fois, j'entends le même refrain… Mais elle enchaîne aussitôt :

« Et vous, alors ! Monsieur Leroy ! Le prochain est pour quand ? Vous savez que vous nous faites tous languir ! D'ailleurs, pour patienter un peu, j'ai apporté mon exemplaire de *Terribles Secrets*... Attendez... Ah, le voici ! poursuit-elle. Vous voulez bien me le dédicacer ? Je vous prête un stylo ? »

Ravalant un soupir, je prends le stylo qu'elle me tend d'une main avide, et gribouille quelques mots sur la première page. Il y a quelque temps, cette marque d'intérêt m'aurait ravi. Désormais, j'ai l'impression d'être un imposteur.

Je lui rends son livre et son stylo en affichant mon plus beau sourire. Dans le mille : elle est enchantée et glousse comme une jeune fille.

Je prends rapidement congé avant qu'elle ne me parle à nouveau du « prochain », et entraîne mes enfants qui pestent car j'ai interrompu leur partie de billes avec Louis.

De retour à la maison, je vois un mot sur le meuble dans l'entrée : « Mon cœur, ne m'attends pas ce soir. J'ai dû accepter une garde pour remplacer Coralie. Je rentrerai tard. Il y a un gratin dans le frigo. Je vous embrasse tous les trois. »

*

* *

Ça y est. Les enfants sont couchés. Depuis le salon où je regarde les informations télévisées, j'aperçois du coin de l'œil la lumière bleutée qui émane de mon écran d'ordinateur, dans mon bureau. Elle semble m'appeler. *Viens... viens faire ton boulot* ! La culpabilité, immédiatement, se met à nouveau à me ronger. Qu'est-ce que je fais, là, avachi dans le canapé, pendant que ma femme est en train de trimer au travail ? Elle a une telle confiance en moi, en mon talent... Je crois qu'elle n'est pas du tout consciente de ce qui est en train de se produire. Respectant ma pudeur, elle ne me pose pas de questions sur l'avancement de mon roman. Elle sait que je le lui ferai lire quand le premier jet sera achevé. C'est ainsi que je procède depuis le début.

« Elle va pouvoir attendre longtemps ! » me surprends-je à ricaner. Le son de ma propre voix, aux accents désespérés, me remplit d'effroi et de honte. Poussant un soupir, j'éteins la télévision et me dirige à pas traînants vers mon bureau, où m'attend cet ordinateur devenu à présent mon instrument de torture.

Et voilà. Cela fait deux heures que je suis devant l'écran, et je n'ai pas écrit une seule ligne. Mon roman ne fait qu'une page pour l'instant... Et cette page est bonne à jeter. Que des banalités sans nom, des phrases de remplissage. Une page que j'ai fini par écrire au bout de plusieurs mois, juste pour pouvoir me dire que j'ai produit quelque chose. Juste pour ne pas craquer... Mais ce blanc, tout ce blanc ! Ce curseur qui clignote, impatient, semblant m'intimer l'ordre de m'atteler sérieusement à la tâche !

Encore une fois, un vertige me prend. À force de fixer cette page vierge, je finis par y voir des taches multicolores qui dansent devant mes yeux. Je me noie dans cet épais brouillard, mon imagination est bloquée, mais j'ai néanmoins la sensation de me perdre dans cette immensité de vide. C'est ma vie entière qui s'y dilue, c'est mon avenir qui y est englouti... Tout le monde attend avec ferveur mon prochain roman. Ma femme, mes enfants, mes parents, mes amis, mon éditeur, tous mes lecteurs ! Tous ces visages souriants, sereins, tellement sûrs de mon prochain succès... Cette échéance qui approche, inexorablement, alors qu'il n'y a que moi qui m'affole ! Je ne peux pas partager mon secret. Tant de personnes comptent sur moi...

La nausée me prend, et un sanglot convulsif s'échappe de ma poitrine. D'un geste brusque, j'abaisse l'écran de mon ordinateur portable et je vais me coucher, engloutissant au passage deux somnifères. Il faut que je dorme avant que Clara ne rentre. Je ne supporterai pas son visage fatigué et son sourire confiant qui me renverront, une fois encore, à ma propre déchéance.

*
* *

Cela fait trois mois maintenant que j'ai vu le psy. Trois mois que je glisse sur une pente que, je le sais, je ne remonterai pas.

Tout était tellement simple avant ! Ces concours gagnés facilement, ce premier roman remportant immédiatement un grand succès, les deux suivants empruntant la voie tracée par le premier… Quel plaisir, alors, d'écrire ! Quelle joie de donner vie à mes personnages ! Quelle ivresse de coucher sur le papier la virevolte de la neige en hiver, le fracas des vagues sur les rochers, la longue complainte du vent dans les vieux manoirs ! En cette époque bénie, je me sentais le génie des plus grands écrivains, je me voyais déjà rejoindre le Parnasse des auteurs classiques… J'étais arrogant et vain, certes, mais au moins je me sentais utile et reconnu. À présent, je ne supporte plus les marques d'admiration de mes lecteurs. Je n'ouvre plus le courrier qu'ils m'envoient, je le jette rageusement dans la cheminée.

J'ai déjà refusé deux interviews. J'ai envie de hurler au monde entier : « Mais ouvrez donc les yeux ! Ne voyez-vous pas que je suis fini ? Vous idolâtrez une coquille vide ! Benjamin Leroy n'existe plus. Vous vénérez un homme qui ne vous donnera plus jamais rien... »

Je préfère ne plus sortir. Je sens qu'il est proche, le jour où je crierai cette vérité.

Clara me regarde comme si elle ne me reconnaissait plus. Je vois à ses yeux, parfois rougis, qu'elle a enfin compris. Je la sens douce et prévenante, comme si j'étais malade. Dans un sens, cela me soulage : au moins, pour elle, il n'est plus nécessaire de jouer la comédie.

*
* *

Les vacances scolaires sont arrivées. Nous avons loué à un ami le petit mas qu'il s'est offert en Provence, et j'espère que ces trois semaines au soleil et loin de la ville feront du bien à tout le monde. Je suis de plus en plus irritable depuis quelque temps ; même les jumeaux commencent à m'éviter, et lorsque nous sommes réunis, leurs yeux reflètent une lueur de crainte et d'incompréhension.

Quand je repense à mon attitude de la semaine passée, la culpabilité et la honte m'envahissent.

Les enfants jouaient dans le jardin, et moi j'étais, une fois encore, assis devant mon ordinateur. De nouveau, cet étrange vertige m'avait repris. Mais au lieu de la page irrévocablement blanche, je voyais à présent, aussi clairement que s'il se déroulait sous mes yeux, mon avenir probable. Je contemplais le désastre futur de ma vie : les gens qui se détourneraient de moi, la célébrité qui s'étiolerait comme peau de chagrin, les émissions culturelles où l'on parlerait de la « mort littéraire de l'écrivain du moment », les regards déçus et condescendants de mes proches… Et puis, comme une apothéose, Clara qui finirait par me quitter, préférant refaire sa vie plutôt que de supporter cet écrivaillon dont la carrière serait irrémédiablement finie et qui se vautrerait sans fin dans son échec avec un plaisir masochiste.

Toutes ces sombres pensées tournoyaient dans ma tête, et dans une pulsion rageuse et incontrôlable, je me saisis de mon ordinateur et le jetai violemment au sol. Le fil d'alimentation, entraîné dans sa chute, emporta la souris et une tasse de café, qui atterrirent sur l'ordinateur dont l'état laissait maintenant à désirer. Je donnais avec colère un coup de pied dans ce fatras, lorsque j'entendis un petit bruit à la porte du bureau. Levant les yeux, je vis avec stupeur Cécile, les yeux agrandis par la peur, qui me fixait, tétanisée, un bouquet de pâquerettes à la main. Je ne sus que dire et restai moi aussi, les bras ballants, au milieu de la pièce. Alors qu'une larme commençait à poindre dans l'œil de ma fille, elle frissonna soudain, tourna les talons et s'enfuit.

Ma colère retomba d'un seul coup, et j'observai avec horreur la situation. Venais-je de détruire le cocon familial, à l'instar de cet ordinateur ?

*
* *

Dehors, la tempête fait rage depuis deux jours. Ces vacances commencent bien, décidément ! Mais l'ambiance est paisible dans le gîte. Un feu de cheminée ronfle dans l'âtre, pour l'occasion. Sa douce chaleur nous enveloppe, Clara et moi, allongés sur le tapis moelleux et disputant une partie d'échecs, bercés par le doux bruissement de la pluie et du vent sifflant dans les pierres du mas. Les enfants sont invisibles depuis quelques heures, occupés à Dieu seul sait quelle activité. Leurs chuchotements surexcités et leurs coups d'œil entendus, depuis deux jours, laissent présager une surprise de taille.

Une heure plus tard, alors que nous sommes douillettement installés dans le canapé face à la cheminée, un bon livre à la main, Cécile et Florian font leur apparition avec des mines de conspirateurs.

« Maman, Papa, il faut que vous sortiez de là ! Vous pouvez aller… dans la cuisine ? Dans votre chambre ? Ou alors dehors ? termine Florian en pouffant.

— Oui, renchérit sa sœur, en tout cas il faut que vous nous laissiez le salon un petit peu. Vous n'avez pas le droit de venir voir ! On vous appellera quand ce sera prêt ! »

Clara me jette un coup d'œil amusé, et nous nous exécutons de bonne grâce. Enfermés dans la cuisine et sirotant un thé, nous nous demandons ce que ces garnements ont bien pu préparer… Nous pouvons entendre leurs cavalcades dans l'escalier, des bruits sourds, des halètements, comme s'ils étaient en train de littéralement déménager la maison. Clara me regarde, complice, par-dessus sa tasse, et je lui rends son sourire. Que cette ambiance me manquait !

Quinze minutes plus tard, la voix aiguë de Cécile nous appelle. Au moment où nous allons sortir de la cuisine, elle nous explique derrière la porte :

« Vous allez fermer les yeux, je vais vous emmener dans le salon. Ne vous inquiétez pas, je vous tiendrai la main. Mais surtout, surtout, vous ne rouvrez pas les yeux !

– Nos yeux sont fermés, ma chérie, tu peux ouvrir la porte », assure Clara.

Un dernier chuchotement se fait entendre, puis je sens la menotte de ma fille se glisser dans ma paume.

Nous avançons alors dans l'obscurité, essayant, de notre main libre, de nous prémunir d'une éventuelle rencontre avec les coins des meubles, aussi gauches que l'albatros boitant sur le navire. Enfin, nous voilà profondément enfoncés dans le canapé. Quelques pas furtifs, un objet qu'on déplace, un toussotement, et ça commence.

Trois coups succèdent au martèlement d'usage ; nous recevons enfin l'ordre d'ouvrir les yeux. Époustouflé, je contemple mes enfants, déguisés en reine et en bouffon du roi, déclamer leur texte et jouer le rôle qu'ils se sont inventé, avec toute l'innocence de leur âge, au milieu d'un décor fait de bric et de broc. Les gestes sont grandioses, les phrases emphatiques, les intonations grandiloquentes, mais quel bonheur je lis dans leurs yeux ! Cette pièce qu'ils ont créée, après avoir déniché de vieilles fripes au grenier, ils nous en font cadeau, autant qu'à eux-mêmes. Ces enfants sont capables de toucher du doigt l'essence de la création ! C'est pour nous qu'ils ont écrit. C'est pour leurs parents qu'ils ont façonné ce spectacle des jours durant. Et je considère, ébahi, à quel point ce travail a pu leur procurer du plaisir.

À la fin de la pièce, lorsque Cécile déclame sa dernière réplique, ses yeux se rivent sur mon visage. J'y lis un soupçon d'angoisse, comme si elle cherchait mon assentiment. Les derniers mots meurent, relayés à nouveau par le crépitement du feu de cheminée, et je me mets à applaudir furieusement, un large sourire aux lèvres, à peine une seconde avant que Clara n'applaudisse elle aussi. L'ultime lueur de crainte s'envole alors des yeux de ma fille, que je reçois de plein fouet pour un câlin frénétique.

*
* *

Les vacances vont s'achever dans quelques jours. Elles ont bien sûr été très reposantes pour nous tous, les petits ont pris de belles couleurs et Clara a les yeux qui pétillent.

Le spectacle des enfants a été pour moi un électrochoc. J'ai repensé à ces longs mois durant lesquels je me torturais face à ma page blanche, face à ce maudit curseur clignotant comme une urgence.

Le lendemain soir, j'ai offert aux enfants une histoire, comme lorsqu'ils étaient tous petits. Durant la journée, nous nous étions promenés aux Baux-de-Provence, nous avions escaladé les rochers et parcouru du regard les vastes étendues lavande et les champs d'oliviers. Alors, dans ma tête, avait germé ce petit bourgeon d'idée, cette fée espiègle qui courait dans les ruines du château, qui entraînait les visiteurs vers les hauteurs pour leur faire sentir le vertige du vent fouettant le visage et désarçonnant l'esprit, cette fée qui poussait les imprudents à s'enfoncer dans les salles troglodytes pour leur jouer ses meilleurs tours, cette fée enfin qui n'existait que pour émerveiller mes enfants.

Cette histoire, je la vivais, et c'est avec bonheur que je l'ai racontée à Cécile et Florian avant qu'ils ne s'endorment. Et c'est dans mes yeux qu'ils lisaient…

Lorsqu'ils se sont endormis, j'ai couché les mots sur le papier. Songeant à mes enfants et à la joie que j'avais vue sur leur visage, tandis qu'ils se laissaient bercer par les facéties de la fée malicieuse, j'ai souri. Écrire pour ma famille et uniquement pour elle, oublier les contrats et l'impatience de mon éditeur…

Cette nuit-là, je n'ai pas lâché la plume. Sur un cahier d'écolier, a pris forme le conte que seuls mes enfants connaîtraient.

Lorsque les dernières aventures de la fée ont été composées, le désir d'écrire ne s'est pas estompé.

Prenant une nouvelle page, j'ai commencé ainsi.

« Leucosélophobie. C'est le nom de ma maladie… »

À PROPOS DE L'AUTEUR

Née en 1987 en Picardie, Gwénaëlle Daoulas s'est très tôt intéressée à l'écriture, gagnant son premier concours de nouvelles à l'âge de treize ans. Elle enseigne le français dans un collège au cœur de la campagne axonaise, où elle vit avec son mari, ses deux enfants et quatre poules.

Suivez son actualité sur

🅕 Gwénaëlle Daoulas Auteure

📷 gwenaelle_daoulas_auteure

Et sur

http://gwenaelle.daoulas.free.fr

Gwénaëlle DAOULAS